[韩]

金惠珍

/ 著

关于 딸에 대하여 女儿

김혜진

简郁璇 / 译

GUANGXI NORMAL UNIVERSITY PRESS
广西师范大学出版社
·桂林·

图书在版编目(CIP)数据

关于女儿 / (韩) 金惠珍著; 简郁璇译. ——桂林: 广西师范大学出版社, 2022.10 (2025.3重印)
ISBN 978-7-5598-5198-7

Ⅰ.①关… Ⅱ.①金… ②简… Ⅲ.①中篇小说 – 韩国 – 现代 Ⅳ.①I312.645

中国版本图书馆CIP数据核字(2022)第127172号

著作权合同登记号桂图登字:20–2022–097 号
本书中译本由时报文化出版企业股份有限公司委任英商安德鲁纳伯格联合国际有限公司代理授权。

GUANYU NVER
关于女儿

作　　者:(韩)金惠珍
责任编辑:黄安然
特约编辑:徐子淇
装帧设计:汐　和 at compus studio
内文制作:陆　靓
封面插画:目　垂

广西师范大学出版社出版发行
　广西桂林市五里店路 9 号　邮政编码:541004
　网址:www.bbtpress.com
出版人:黄轩庄
全国新华书店经销
发行热线:010-64284815
北京启航东方印刷有限公司印刷
开本:787mm×1092mm　1/32
印张:7　　　　　字数:95千字
2022年10月第1版　2025年3月第8次印刷
定价:42.00元

如发现印装质量问题,影响阅读,请与出版社发行部门联系调换。

服务生端上了两碗热乎乎的乌冬面。女儿的手翻搅收纳盒，取出了筷子与汤匙，表情看起来有些疲惫无力。她变得有些瘦削，好像又苍老了一些。

"妈没看到我的短信吗？"女儿问道。

"我一心想着要打电话给你，却老是忘了。"

我只这样回答，但这是在说谎。其实我整个周末都惦记着女儿的短信，弄得精疲力竭，最后还是束手无策地和女儿相对坐着。

"周末去了哪里？"

我说了一个女儿也认识的人，胡诌说和对方一块吃了饭。女儿似乎还想再追问什么，却只是"嗯"了一声，接着像是想表现一点诚意，补上一句：

"嗯，机会难得，怎么不出去散散心？最近不是举办了许多庆典？"

"这个嘛，也得有那个闲工夫。"

我用筷子夹起一根厚实的粗面条吃下。年轻时，我很喜欢吃这类面食，甚至三餐中必定有一餐会靠面食解决。虽然至今还是喜欢吃面，但吃完之后有个问题，那就是不太容易消化。我每次都要抚摸着吃撑了的肚皮，四处走来走去。但躺到床上后又不得不再度爬起身。我认识到能够享受的事情正在逐一减少，所谓上了年纪，就是这么一回事。

一群貌似大学生的人走了进来，用完餐的上班族则聚集到柜台结账。吵闹嘈杂的说笑声变大了，放眼望去全都是年轻人。我布满皱纹与黑斑的脸庞，稀疏的发丝和佝偻的姿势，和这里格格不入。我小心翼翼地转动眼珠，观察四周，就好像随时会有人露骨地对我表现出不快。

女儿的乌冬面快速见底，而我持续苦恼着：真要说这句话吗？可以说吗？不该说？或者不能说？但我真正害怕的只有一件事：

紧接在拒绝之后的报复。

过了好一会儿我才开口："你也知道的……"

你也知道的。这摆明了就是拒绝的意思，女儿也知道，眼中浮现出一抹失望。

"我知道，妈的手头也很紧。"女儿说。

即便如此，她依然全神贯注，表情像是在等我继续说下去。就眼下的情况来讲，我实在无法负担这个国家在我睡觉时仍大幅上涨的房租，它永远不懂得停止，只会不断往上攀升。为了抓住它，你不得不跑啊，跳啊，慢慢增加速度和力道，但我已经被排除在那个竞赛之外很久了。

　'是啊，你也知道，我们就只剩下那栋房子了。'

　那栋房子立于郊区的窄巷之中，就像一颗烂牙被东拼西凑地修补过。它和主人一样，关节磨损，骨质疏松，是一幢缓缓往前倾斜的双层住宅，与世界上所有在朝夕之间变得趾高气扬的房子都沾不上边。那是丈夫唯一留给我的东西，本质上，那确实也是我唯一能掌控、保有所有权的东西。

　"我知道，但我也是逼不得已，这种时候也只能跟妈一个人说。"女儿的筷子在碗内搅拌，嘀咕道，语气在死心与期待之间摆荡。最后她又说了句，如果能借她一大笔钱，每个月会付给我利息。

　她一定是在暗指浴室天花板因漏水而斑驳，地板肮脏污秽，老旧木制窗框处处有裂痕，时时刻刻都有冷风、灰尘和噪音窜进来的二楼那两户吧。她想问我，如果让那些付月租的人搬出去，用全租[1]

---

[1]　全租为缴交一定金额的保证金（通常为房屋市价的一半或更高）后，就不需在合约期间内付房租，仅需支付水电费、物业费等杂费，期满会退还保证金的租屋方式。

的方式出租，不是很快就能攒一大笔钱了吗？

可是要叫目前的住户搬出去，再用全租的方式出租并不容易。几天前，二楼的新婚太太才下来诉苦，说料理台上方的天花板会漏水。她要我别找年纪大的人，说请专业的厂商来才能彻底修理好时，可以看出她的脸上掺杂了烦躁、愧疚、困惑和犹豫。

"知道了，再忍耐一下吧。"

话虽如此，眼下的我却毫无办法，因为没有余钱负担不知金额会有多高的修理费，而每次跑来向我求情的新婚太太，她的处境也半斤八两吧。

女儿的一双脚在桌子底下不停晃动，运动鞋的后跟已被磨得歪斜，脱线的牛仔裤下摆也很邋遢。她当真不知道这些小细节会决定给人的印象吗？好比穷困潦倒的处境、懒散怠惰的性格、神经大条又驽钝的品行之类的。为什么要将他人无须知道的私事这样大刺刺地展现出来？为什么放任他人误会自己呢？为什么无视高雅端庄、整洁利落这些任谁都会奉为圭臬的价值？但我好不容易才忍住没说出来。

"妈，你有在听我说话吗？"女儿催促着我。

过了好一会儿，我才将筷子放下，擦了擦嘴角后，和女儿四目相对。是啊，所谓的家人就是这样的。也许正是囡为这个家，拥有这个家，让女儿认可了我是她的家人，唯一的家人。

　　我只是如此回答："好吧，我会想想办法。"

"哎，你放了多少钱？"教授夫人悄声问道。

虽然是窃窃私语，但她的音量大到连周围的人都转过头来看。我在大楼的入口驻足，轻轻拍抚夫人的手背。

"我只放了五万元，总是得表示一点意思嘛。能有什么办法呢？"

教授夫人从手包中取出信封，一边嘟囔一边多放入两万元。

"不必每个人都放五万元吧，三万元就够了吧？"

教授夫人一举手一投足都散发着廉价的玫瑰香气，那个酒红色的手包内一定放满了廉价化妆品吧。就是如果过了保质期或变质，就大发慈悲般每个人发一个，一点也不感到心疼的东西。虽然我也曾拿到一两回，却没真正用过，因为我一心只想着改天再用，最后却过了保质期。不知从何时开始，健忘症紧跟着我，经常每每觉得就快想起来了，脑袋随即又一片空白。

"人死了就一了百了，像这样给钱有什么意义？不就是让子女捞到好处吗？趁人还在世，请他吃顿大餐岂不更好？这种文化就应该要斩除嘛。"

即便在走过旋转门进入大楼后，教授夫人依然说个不停。我躲开了灿亮的灯光，以及更加灿亮的花圈所散发的刺眼光芒，站着抬头望向偌大的荧幕。

来到灵堂的我，口中首次说出这样的话来：

"太狠毒了，太狠了。"

若是把从过世的成先生那儿获得的好处加起来，都远远超过十万元了。但这十万元又有什么用呢？成先生始终是个乐善好施的人，不，他的经济状况并没有好到能够乐善好施。即便如此，他总是率先拿出钱来，让人莫名地不好意思，而他得到的回报就是善缘广结，大家都喜欢在他身旁打转。可是这个身为教授夫人的人却吝啬得像只铁公鸡，样子真是难看。所谓"教授夫人"也不过就是嘴上说说的，从没见过她的丈夫，她更没提过那人是哪个学校、哪个系的教授。也是，对于像我们这种上了年纪的人来说，这事不怎么重要，即便年轻时界限分明，仿佛一辈子也不会打照面的人，现在也能轻易见到了。

这都是因为大家成了毫不起眼的老年人，而能够接纳老人的地方屈指可数。

可我并没有将这话说出口。

前往灵堂，向看起来是成先生儿子的丧主打声招呼之后，我坐在接待室里，啜饮装在保温瓶内的香菇水。教授夫人将米饭倒入红通通的香辣牛肉汤内，一匙匙舀起往嘴里送，已经失去光泽和水分的菜包肉，也一次抓两三个吃。此外还兴致高昂地打开手机，给我看儿子和孙子的照片。

"哎，有手帕吗？有没有袋子之类的？"

接着她的身体朝我的方向倾斜，然后将包覆免洗纸盘的塑料袋取下，把我那份佐酒的零食[1]装入。我默不作声地将远处的纸盘移到她旁边。

"我家孙子特别爱吃这个，虽然媳妇吵着不让他吃，但怎能这样呢？当然要偷偷给他吃啦。"

"这样啊，多带一点吧。"

就算是这时候，我也没将目光放在食物上头。

---

1 韩国的葬礼会场会准备饭菜、酒类、年糕、零食等，让前来吊唁的亲友享用。

我感到无比恐惧，就像生怕会碰触或沾染上已经走向生命外围的人所散发的某种气息或征兆。蓦然，我和远处倚墙而坐的某个人对上了眼神。那宛如槁木死灰的眼眸，那洞悉一切的眼神，仿佛下一刻就会盯上我。我慌忙别开视线，就好像在进行一种闭着眼睛数"一、二、三"时，某样东西猛然来到我背后，抓住我肩膀，吓得我脸色大变的游戏。成先生是在某天安然无恙下班后，因为心脏停止而死亡，死因最终归结为心脏骤停。死神同我们的距离究竟有多近？为何我会如此确信他就在咫尺？

几个月前，住在二楼边间的女人的家人曾来找过我。尽管在那之前也有自称是朋友或爱人而找上门的人，不过我没将钥匙交给他们。朋友或爱人这类浅薄的关系怎能相信呢？

"是联系不上的缘故。临时需要她签名，但实在别无他法，所以才来叨扰。"

那天找上门的男人说自己是女人的亲弟弟，但见我一言不发，所以稍微提起了父亲墓地迁移的问题，甚至还取出一张文件给我看。在我抬头盯着二楼看时，男人"咔嗒、咔嗒"地踩着楼梯往上走，随即听见了门开启的声响，接着有好一段时间都无声无息。

"喂，喂！先生。"我虽然大幅提高音量，但没有马上就往二楼去。

过了很久之后，男人一脸凝重地走下楼，说："我姐姐人在房里呢。我不知道该怎么办，好像得报警了。"接着他便慌张地走出大门，再也没有回来。

救护车抵达后，将女人载走了，警察围上来说要调查，抓着我追问到晚间时分，而那个人早已无影无踪了。

"找到那个弟弟了吗？"

第二天，好不容易才通上电话时，负责的警察却如此回复道：

"我要跟您说几次呢？那女人的家人说不会带她回去，她的家当您必须自行处理。如果是尸体嘛，这个国家总会处理的，但其他就有困难了。不是有押金吗？先拿那笔钱垫着用吧。我很忙，请别老是打电话来。"

也不给我时间询问女人是何时死的，又是怎么死的，警察马上就挂掉了电话。

过了两天，我才走进那个房间。在树木尽情呼吸和煦气息、冒出绿色嫩芽的大白天，我却整个人吓坏了，抓着门把站立不动。房间内打理得整整齐齐，没有任何我预想的那些东西，只有一般独自生活的女人会有的日常与习惯，记号和喜好。死亡在没有任何征兆或迹象，毫无预警、乘人不备的情况下，猝然降临。

"真令人惋惜。"

我望着前来葬礼会场的人们自言自语道，心想就算这之中有人明天就离开人世，也没什么好大惊小怪的。有什么好惋惜的？说不定大家还会嘲讽地说已经活够本了呢。存活的人不会感到遗憾或沉痛，而是以冷静的目光给死者的一生评分。如果没什么好评价的，很快就会忘得一干二净吧，就像一切从未发生过一般。

我走到外头，视线往成先生那身穿黑西装、别着白色臂章、守在灵堂接待吊唁宾客的儿子望去。

"大家不都这么说吗？如果身体没来由地生病，就是患上了巫病，要让神附在自己身上才会痊愈。如果硬撑到最后，病痛就会传给下一代。谁会想把这种东西传给子女啊？所以自己才会想尽办法独自承受一切啊。"

　　我自言自语般说着。只要想起女儿的事，这个想法就会挥之不去。所以我是受到上天的惩罚了吗？就这么将某种过错传给了女儿吗？坐在轮椅上的珍眺望着窗外，外面有一名员工正在替偌大的停车场洒水，从水管喷出的水柱分成好几条，抽打着地面，透明的水珠四处溅散。

　　"您想到外头去吗？"

　　我说出言不由衷的话，短暂和珍对上了眼神。这个活得太久的女人，记忆正在逐渐流失的女人，她宛如回到多年前出生的时候，打破男女的性别界限，单纯回归到作为人的那个状态。

　　偶尔，我会觉得这个矮小干瘪、令人不屑一顾的女人的人生犹如一则谎言。她出生于韩国，在美国读书，在欧洲活跃了一阵子，归国后为了照顾与自己毫不相干的人虚度了一生。这个终生未婚、没有任何子女的女人，看过我从未见识的诸多世界奇景，身上却带着一整年都没人来拜访的孤寂，此种冲突感令人难以置信。

另一侧的桌子发生了骚动。一名老人开始口出秽语，将遥控器拿起来乱扔，把桌上放置的教学用具胡乱挥落在地，身为护理员的教授夫人却不见人影。她一定又偷偷躲到某个地方通电话，或者忙着吃零食吧。我很怏采取行动，推动了轮椅，反正凭我的力量也无法制伏那种老翁。

晚餐时间之前，有人打开病房的门呼唤我，是院务科的权科长。我来到走廊，权科长问我明天能否提前一小时上班，因为明天是电视台要来采访珍的日子。我答应说好，权科长恭敬地点了一下头。就像教授夫人所说，权科长似乎对我格外亲切，但与其称之为亲切，说是最低限度的礼仪似乎更为恰当，而我也知道那会影响到其他员工的态度。想到大部分年迈的疗养院护理员领着低薪、遭受隐约的冷眼相待和蔑视，或许我该感到庆幸。这大概与我照护的人是珍有关吧，因为在这儿负责什么样的患者是很重要的。至少在珍的面前，大家会表现出尊敬与礼遇。

"不过，那个人真的一个家人也没有吗？"

然而，在珍看不到的地方，大家又是另一套言行举止，尤其是像教授夫人这种人，总是很快就露出狐狸尾巴。

"有家人又能做什么？还不都一样。"

很少有子女会在将父母委托给疗养院后定期拜访，这点教授夫人也很清楚，但她不打算就此打住。

"不过啊，跟完全没有家人毕竟不一样嘛。看她真的有好几年都孤零零的，真是凄凉啊。所以啊，不管现在多累多辛苦，还是要好好养孩子，那会是你未来的财产与保障。"

见我没有反应，教授夫人又转而提醒新来的年轻新婚太太，然后舌头发出了"啧啧"两声。每当这种时候，我就会深刻感受到，我已陷入了无法自行决定和选择见谁的处境。我会不会在和这种人说话聊天、分享意见，还得无可奈何地点头赞同之时，不知不觉成了年轻孩子口中那种不知变通、充满偏见，只会损耗国家税金的老人？

年轻的新婚太太只是回答"是、是"，但好像不怎么感兴趣，应该是因为还不熟悉工作吧。她接下了过世的辰先生负责的患者，应该不好应付。但只要经历过三四次身体酸痛后，就会慢慢适应了。只不过许多人会在那之前就离开这个地方。留到最后的，大多都是无处可去的人。

我走进病房，为珍检查床铺。

"有没有不舒服的地方？我明天早上再过来。"

珍握着我的手问道："嗯，你住哪里？很远吗？很近？"

我回答说不远，搭公交车很快就到了。

珍点了点头，低语嘱咐："嗯，小心车子，要小心。"

见她还能如此说话，就表示此时的精神状态还很清醒。我用手掌摸了摸珍的额头。这张比我多活了二十余年的脸庞，虽然满布皱纹，肤质粗糙，但五官依然优雅秀丽。我握着珍的手，向上天祈祷今晚也让她做个香甜的美梦，接着走到外头。珍吃下的处方药带有微量安眠药，她很快就会睡着的。

准备好下班后，一走出来，就看到教授夫人和年轻的新婚太太在电梯前面等我。我们用眼神向值班护士打了招呼，走出大楼。远处巷弄的尽头传来闹哄哄的音乐声。走出这条狭窄的巷弄，就迎来灯火辉煌、"越夜越美丽"的排排商铺和酒馆林立的十字路口。这时，我全身的紧张感才舒缓下来，膝盖开始隐隐酸痛。

"对了，你不是要和女儿见面吗？见到了吗？"

虽然已到晚上，但空气依然炽热难耐，一股火辣辣的热气直往脖子冲。

"是该见个面了，但也要能抽出时间嘛。"

我含糊其词，因为我晓得对方是打算在问东问西之后，对我的女儿品头论足一番，接着乱下指导棋。虽然明知那些都是多管闲事，但我依然无法对那种话充耳不闻或淡然处之。教授夫人赞同似的附和了一下，然后取出手机，找了几张年幼孙子的照片给我们看。

"看起来很聪明伶俐呢，几岁了？"年轻的新婚太太此时才有了形式上的反应。

我则闷不吭声，假装边走边看手机，接着加快脚步，站到斑马线上，说道："你们路上也小心。"

夏夜里，窗外的噪音不断袭来，外送摩托车的引擎声、电视声、二楼夫妻以高分贝吵架的声音，让人难以入睡。我借着电视的光线在膝盖上贴了膏药，在肩膀上涂了软膏，然后从冰箱内拿出切了一半的西瓜，用汤匙胡乱地挖起来吃，再来就无事可做了。

躺在静寂昏暗的房间里，我脑袋里想的是这些事：

永无止境的劳动。我领悟到没人能将我从这种吃力的劳动之中解救出来，不免担忧起当没有能力工作的那一刻到来时，我该怎么办才好。也就是说，令我担忧的永远不是死亡，而是生活。不管用什么方法，在活着的时间里就得承受这没完没了的寂寥。

我太晚才意识到这个事实，也许这并不是年老的问题，正如大家所说，是这个时代的问题。接着，忧虑自然而然就转移到女儿身上。女儿正值三十岁的人生中段，而我已过了耳顺之年，来到此时此刻。女儿即将抵达、但我最终无法前往的世界会是何种模样呢？会比现在更美好吗？——不。那么，会比现在更煎熬吗？

隔天一上班，我马上就给珍洗了澡，垫上尿布，接着取出简单的化妆工具。

"我说过高中时的事情吗？我读的是乡下的学校，当时寄住在朋友家，因为我家很遥远，坐公交车上学就必须换乘三次以上。当时朋友的姐姐在工厂上班，在外头租了房子，是个有厨房的狭小房间。但仔细想想，那位姐姐当时也不过才二十一二岁左右，真不晓得为什么当时会觉得姐姐很吓人。在那个年纪不都那样吗？只是相差一两岁而已，就觉得天差地别。"

"嗯？要去哪里？"

珍瞪大了眼睛，而正好在给珍上腮红的我一时停下了动作。

"不是的，我是说以前读的高中，是在说很久以前，还有学校。"

"哦，上学？是啊，人就是要学习，当然啦。"

在给珍画眉毛时，权科长走进来。

"好像已经到了，说是在会客室。一切都准备就绪了吗？"

其他患者都去了娱乐室和治疗室，而珍的脸上没有丝毫活力。是因为状态不佳吗？但不管我怎么问，她都默不作答。

"要过去了吗？"权科长催促着。

我赶紧给珍涂上口红，接着点点头。

"我送她过去？"

"那我当然是感激不尽，"静静跟在后面的权科长又叮嘱，"为了以防万一，还请您多费点心思，毕竟展现出这样的人士受到良好照料的样貌是很重要的嘛，还能达到宣传效果。"

我答应说好。

"您不是在一九八九年撰写了《国境的孩子》一书吗？书中提到被领养到美国的孩子。布兰登·金？啊，还是布兰登·李？我对这位十岁少年的故事印象很深刻。这个孩子被白人家庭领养后，又遭到弃养，然后经过了五年，这段时间都是您亲自去采访的，对吗？啊，还有，我也很好奇，您是在哪里，又是如何见到这个孩子的呢？"

戴帽子的年轻人固定好镜头，一打出手势，戴着圆眼镜的年轻人随即调整了一下眼镜，然后开始说话。起初他的嗓音听上去像薄铁盘在打战，而后慢慢变得沉稳。

"不然，可以请您说一下 LA 教育中心的事吗？那儿是特教中心，在当时以移民者子女为服务对象的机关之中，可说是首屈一指吧？听说设施获批、申请支持等都是您亲力亲为，没有碰到特别棘手的部分吗？"

年轻人的嗓音在正方形的会客室内打转，然后消失得无影无踪。空气之中降下一层静默，甚至能听见大家在走廊上走动时小心翼翼的脚步声。珍的视线始终停留在桌面的角落，仿佛一人失魂落魄地置身于什么也听不见、什么也看不见的空间里。

说不定是因为陌生人的拜访受到了惊吓。我正打算走到她身旁，年轻人举起了手，示意我不要紧。

"那么，八十年代启用移民者人权咨询中心那件事呢？您记得吗？您当时不是在釜山从事这项服务事业吗？您没有选择首尔，是否有特殊的原因呢？"

盯着镜头的年轻人抬起头，摇了摇头。他和提问的年轻人四目相对，似乎正在交换意见。

"我的肚子快要痛死了。"

珍不耐烦地拍了拍轮椅的把手，可是那句话似乎只有我听见。年轻人像是什么事也没发生一样，再次提出问题。

"九十年代初期在日本大阪举办的论坛呢？您当时批判韩国政府的事为人所津津乐道，甚至有一阵子您还被禁止入境呢。您记得那时的事吗？"

年轻人将历史悠久的照片和从杂志上剪下的

报道拿到珍的眼前。照片中的珍戴着大而滑稽的眼镜，站在讲台上说话。另外还有她和一群白人男子勾着肩，笑得很灿烂的照片。我的视线一时无法从那些褪色的照片上移开。

"我肚子饿了，肚子饿。"

珍转头看着我，作势用拳头敲打桌面。

倚在门旁的我，提心吊胆地回答："嗯，会去吃饭的，再等一下。别这样，请您多少说点话，人家大老远跑来的呢。"

"今天会有什么？吃蛋糕吗？"

我笑着安抚珍，暗自思忖：那些年轻人说的事，当真是如今这名只懂得吃喝拉撒睡，对其他事情漠不关心，年迈羸弱的女人所做的吗？那些事情有必要大老远跑来这里提问吗？那么珍为何会身在此处？她是因此才沦落到这种地方的吗？

"什么也想不起来吗？那么狄帕特呢？他来自柬埔寨，对吧？"

看到提问的年轻人支支吾吾，于是摄像的年轻人纠正他："菲律宾。"

"对了，是菲律宾，不是有个叫作狄帕特的小朋友吗？您不是他的监护人吗？您等于是抚养他到长大成人为止呢。不记得了吗？狄帕特，狄帕特。"

年轻人挑高音量，在尊敬与敬畏之意消退之后，可以感受到他紧接而来的烦躁与不耐。

"啊，好像真的一点记忆也没有耶。"一位年轻人率先开口。

另一位年轻人回答："不行，好歹也得获得一些素材，才知道要写什么啊。"

"总要开口说话，才能获得素材啊。"

注视镜头的年轻人抬起头，直勾勾地看着珍嘀咕："奶奶，请您随便说点什么吧，要是我们没有获得素材，真的会小命不保的。"

接着他拿起手机，不知打给了谁，可以听见高分贝的音量不时从手机内窜出。年轻人侧眼瞄着珍，说现在大家都是晕头转向，好像真的没有办法。窃窃私语了一阵，最后说了一句："没指望了。"

"什么没指望了？"

另一名年轻人夺走手机，好像又说了什么。

珍转头看着我，我点点头，又眨了一下眼睛，向她表示没关系。即便是在这时候，这群年轻人仍没有停止说话，嗓门反倒逐渐拉高，几乎每个人都能听得一清二楚。

年轻人表现出来的言行举止，就好像珍不在场似的。也是，珍怎么会知道他们是基于何种用意来到这里呢？可是，身在此处的珍不仍是珍吗？此时此刻，这些人是来惩罚珍的吗？是在拐着弯告诉她，看看你现在是什么样子，比起应当受人尊敬的年轻时期，现在有多潦倒落魄、不成人形吗？

"您记得这个事件吗？仔细看，这里，请您好好看着。"

提问接连不断，让人感觉那不是在提问，而是在审讯或盘问。年轻人不择手段，用尽一切方法，没有一丝一毫的礼仪或体谅，拼命想让珍开口说话。

"最近她老是喊肚子饿，吃完不过一两个小时就又喊。她总是说要吃蛋糕，但没办法吃很多，因为消化不了。今年春天特别喜欢吃草莓，最近则是早晚会吃西红柿。"最后是走到珍身旁的我开了口。我可以感觉到珍的手在桌子底下摸索，握住了我的手。

年轻人对我说的话丝毫不感兴趣，也就是对现在的珍不感兴趣。他们凑在一块窃窃私语，交换想法后，最后只说了一句话：

"这是老年痴呆症吧？啊，还以为病情不太严重才来的，这下事情难办了。"一名年轻人关掉摄影机，一边整理装备一边嘟囔。

虽然觉得他们很没礼貌，但我什么话也没说，因为有组长事前的嘱托，如果这些年轻人撰写了报道，上传了视频，就能替疗养院宣传，多少就会有捐款或援助进来。这事并非与我毫不相干，是我应该助一臂之力的事。

"要参观一下病房吗？看看她是怎么生活的。看来给她一点时间会比较好，我来和她说说看。"

虽然我尽可能用温柔和气的口吻说服年轻人，但他们仅是摇摇头，走了出去，交谈的声音打破了走廊的静谧。我逐一端详他们留下的照片和剪报，很快找到了珍窖存于照片之中的模样。

"老太太，您看一下这个。天啊，您还记得这是什么时候吗？'

我指着几张照片，将它们码开举在脸颊旁边，珍依然毫无反应。

不知从何时开始，我不再认为自己还能改变什么。

即便是此时此刻，我仍在慢慢地被推挤到时间的洪流之外。如果过度地想去改变什么，就必须有付出非常可观的代价的觉悟。即便有了此等觉悟，能改变的事情仍微乎其微，不管是好是坏，必须接受这一切均归于自己。基于自己的选择而变成自己身上一部分的事物，这些即是现在的我。

可是，大部分的人总是领悟得太迟，为了过去或未来，为了那些不存于现下的事物引颈张望，因此虚度的光阴是多么可惜啊。但也许这样的悔悟，才是来日不多的老年人的专利。

我真不晓得该如何解释这种事，毕竟不管是什么，如果没有亲身体验，光凭听他人的说词是很难理解的。特别是对于此时身强力壮、年轻气盛的女儿来说，说不定压根就不可能。

"妈，你在听我说话吗？"

虽然我点了下头，表示我在听，但我并没有看着女儿的眼睛。如果按照女儿所说，让二楼的两户都以全租的方式承租，那么每个月的医药费、保险、生活费、应急储备金和零用钱要从哪儿来？女儿使劲打开冰箱，拿了一杯冰水过来。虽然已经到了晚上，却依然很闷热，我不停挥动手臂驱赶蚊子，将电风扇转向女儿那侧。

"我就说银行的利息由我来付嘛，还会给妈零用钱。如果下学期多教一点课，收入就会增加。我还能向妈伸手要钱到什么时候？又不是两三岁的孩子了。"

我一言不发地点点头，但这并不代表我同意了，只是尽全力去衡量女儿的处境罢了。我没有逼她无论如何都要凭自己的力量去想办法，我无法、也不能像许久以前父母对待我那样，要女儿努力再努力。

"那你不能去申请一点贷款吗？"

窗外一阵嘈杂，混着经过的摩托车噪音，女儿有所不满似的含了一口水，让双颊鼓了起来。

"最近国家兴建了不少公共住宅，虽然稍微偏远了些，但申请那个不是更好吗？"

女儿不隶属于任何工作单位。这类在工作却没有工作单位的人，从十个中有一个、十个中有三个，逐步增加，到如今十个中有六个、七个，女儿亦是其一。他们不具有任何资格，无论是贷款的资格，还是申请公共住宅的资格。

　　可是，这样的人居于多数的事实并没有给我带来安慰，反倒是我的女儿归属其中的事实，让我每天都受到打击与惊吓，同时带来相同强度的失望与自责。我心想，说不定是女儿读太多书了。不，说不定是我让女儿读了太多不必要的书，让她一学再学，把根本没有必要学，以及不应该学的东西都学了个遍——

　　抗拒世界的方法，和世界唱反调的方法。

　　"要是可以的话，我现在还会跑来吗？我都打听过了。妈，我明天早上七点前就要到学校，去了还要准备讲义。"

　　窗外响起哈哈大笑的声音，似乎有人把电视音量调得很大。我仔细观察着女儿脸庞上浮现的不安、疲困和烦躁。

　　"那今天就在这儿过一夜吧，明天还能直接去上班。"我如此说道。

女儿犯困似的揉了揉眼睛，喃喃道："妈，真的很对不起，这真的是最后一次了。房东一直在吵，要我下周之前做决定，我没有多余的时间和精力再去打听了。"

为什么有时候女儿讲出这种话时，听起来像是一种威胁？为什么那种哭丧的表情会成为比生气发火、大吼大叫更有力的手段？女儿是明知故犯呢，还是真不知道？我听见她拿着手机走到厨房去，低沉地说着话。温柔热情的嗓音，秘而不宣的笑声，那是我自始至终都想佯装不知的，女儿的私生活。

"那孩子是头会吞钱的河马，只要电话打来，我啊，就会感到心惊胆战。"

我好似听见丈夫不满的嘟囔，可是一旦女儿回来，这人又高兴得不知如何是好。如今女儿不再提起过世的丈夫，光是为了奋力将每一天的生活拖往前方，女儿就已经分身乏术，没有回顾过去的余裕。

人生终究比预想的来得漫长。我突然想针对这件事请求女儿的谅解。要是这么做的话，也许就可以摆脱这种垂死挣扎。不，在这个家消失或在我死之前，没有所谓的最后，绝对不会就此了结的。

"好吧，我明天就去银行问问贷款的事，看拿这栋房子去担保的话能拿到多少钱，利息又有多少。"我投降般说道。

"妈，谢谢你。"

隔日凌晨，我悄悄走入女儿正熟睡的房间，坐在床铺的尾端。我握着女儿露在宽松睡裤外头的脚，轻轻抚触她白皙的小腿。女儿拥有三十岁健康结实的体魄，可是她却不知道自己拥有多了不起的东西。

我在三十岁时和你爸结婚，次年生下了你。开始阵痛的那天晚上，我独自叫了出租车前往医院，直到半个月过去，才和身在沙漠某处的你爸取得联系。你爸从某个遥远国家的工地现场打来电话，替你取了名字。虽然我对名字不甚满意，但我依然说好，就这么决定。因为觉得你爸为了赚钱长年漂泊在异国很可怜，我于心不忍，想借此给予他信心，让他知道我们身处名为"家庭"的坚实稳固的篱笆内。

我想到这里时，女儿翻了个身。我抬头看了一下时钟，顺了顺呼吸。这时间还能让女儿多睡一会儿。

每当到了夜晚，我就会想象着家的身躯逐渐变得庞大，将搂抱着你的我团团包围。寂寥与沉静从上头俯视着，像是要把我吞噬，令人毛骨悚然。当一年回来一两次的丈夫再度出门后，那种心情就更强烈了。

你在五岁之前都不认得爸爸的脸，每当四肢毛发浓密，说话时会发出粗厚低沉嗓音的那个人走近，你就会被吓得哭出来，但又老是躲在沙发的尾端，探出头来盯着他看。然后，在你好不容易敞开心房、愿意牵起爸爸的手时，他又拖着两三个比你个头更大的行李箱离开了家。

鸟儿叽叽喳喳地啼叫着。二楼的人将门敞开，似乎在准备早餐。租房的年轻小伙子应该还在睡觉，听那勤快地走来走去的脚步声，肯定是隔壁的新婚太太。此外还响起了小孩的哭闹声，以及毫不迟疑的喝止声。

"几点了？"女儿睡眼惺忪地问。

我要女儿赶快起床后，走出房间，站在料理台前倒了一杯牛奶，接着在预热好的平底锅中打入两颗鸡蛋。女儿在餐桌前坐下。个子娇小，一脸稚气。我回想着女儿记不起来的那些时光，很久很久以前的事。某些画面依旧清晰而生动，如同两日前的事一般历历在目。

女儿用叉子将蛋黄戳破，撒上些许盐才开始吃。

"不如回来家里住怎么样？"

我蓦地开口。女儿像是一时没听懂我说的话，只是不停咀嚼着鸡蛋，没有半点反应。过了好一会儿，她才拿起牛皮纸资料袋和一堆印好的资料，说道：

"我会商量看看，这也不是我一个人能决定的。"

我不想听女儿接下来要说的话，所以快速走向料理台，打开水龙头，将杯子和空盘放入水槽。碗碟歇斯底里地互相碰撞，发出刺耳的声响。

女儿只喝了一半的牛奶就起身。

"总之，妈你一定要去银行，看看怎么样再打电话给我，我等你的消息。"

玄关响起"嗒"的关门声，我忍不住说了一句：

"臭丫头。"

女儿在我的生命中出现，在我的生命中诞生以后，有好一段时间都在我不求回报的善意和照顾中成长。然而现在，她却表现得与我毫不相干似的，好像她是自己出生、自己长大成人的，一切均凭自己下判断、做决定。然后，从某一刻开始，她先斩后奏，甚至知情不报的事情也不在少数。每一天，我看着女儿没说但我心知肚明的事，还有我故意装聋作哑的事，它们犹如碧蓝的水流，在女儿与我之间静静地流淌。

　　"因为没收到消息，所以打来了。妈，你去银行了吗？"

　　那天晚上女儿打电话来，恰好是我走出疗养院大门的时候。我试着说明银行贷款额度、浮动利率和宽限期，并且尽可能将承办人员说为什么这个有困难、那个有困难、整个都有困难的咨询内容传达给女儿听。

　　"嗯，是吗？"

贴在手机上的耳根发烫，大家为了躲避炎热而跑到街上的说话声老是令我分心。街上全是因为驾驭不了挥霍不完的时间，所以一而再、再而三虚度光阴的年轻孩子，我被那些在夜晚街头涌现又消退、充满魅力与健康活力的大好时光吸引了视线。

"那暂时回家住吧。"我投降道。

女儿回答："没关系吗？"

我划清了界限：

"那当然，你是我的女儿啊，怎么会有关系？"

女儿随即察觉，我的言下之意是除了身为女儿的你，其他人都很有关系。

"妈……"女儿欲言又止，又以沉静的口吻回答，"那我们会一起搬去，真的是暂时的，不会太久，只住到存够一笔钱为止。也会交税金和房租，所以不用担心这些。我得进去上课了，先这样。"

哪里来的"我们"？我都还没回句话呢，电话就挂掉了。我擦了擦被汗水沾湿而变得光滑的手机屏幕，试着按了好几次键，但只听到长长的"嘟嘟"声。

女儿说好搬回来的那天是个公休日。

我一大早就跑到家门外。双排并立的住宅构成狭长的巷弄，拿着扫把清扫大门前的男性邻居向我打了声招呼，虽然他顶了个大肚腩，头顶也已经秃了，但嗓音充满了朝气与自信。

"您平常似乎很早就出门了。"男人露出敦厚和蔼的笑容。

我从来没告诉任何一位邻居我在哪儿工作，但是该知道的人也全都知道。我一动也不动地站着，义务性地聊了几句，过了好一会儿才转身。那对成天在家的夫妇终究会看到女儿和那个孩子吧？说不定在搬运、搁放行李时，他们又会因为外头闹哄哄的声音而出来打招呼，然后把知道的事拿去嚼舌根；也说不定在遇到节日时，当长大成人的子女带另一半和孩子回来，他们还会把我家的事当成八卦新闻，用来确认自家的关系和不和睦呢。那种不安感紧紧抓着我不放，最后我无力地坐在公园长椅的一角，目光追寻着有些人一边走路一边挺直腰杆、浮夸地摆动手臂的滑稽模样，一点也没有让身子动一动的想法。

晚上回家时，大门前停了一辆车。是乘坐两人就会觉得很拥挤的红色小型汽车。大门半开着，不知道是要敞开，还是要关上。

走进大门后，我看到静静坐在玄关阶梯前的某个人连忙起身。仅凭大门外的街灯映照，那人犹如一团黑影。

"您好。"

是她。

身形比女儿瘦削高挑，甚至有张小巧白皙的脸孔，乍看之下不像韩国人，而像个拥有一张小脸、长手长脚的西方人。

"小绿有事，说会晚点到。她要我先过来，也给了我钥匙，不过我还是觉得擅自先进去会很失礼。"

她怔怔地站着，一副不知道该做出何种表情、采取何种姿势、该说什么话的样子。我用力关上大门，走上三格阶梯后，打开玄关门。

"把行李放在外头吧。"

我到目前为止还无法决定任何事，也还没做好心理准备让这个我不了解也不想了解、身份不明的人住进家里。不，决定老早就做好了，那是不能更改的。我不能让那种人住进我家。

但我还是勉强说了一句：

"先进来吧。"

我尽量把对方想成是在这种湿热难耐的天气里，帮忙将女儿的行李送到家里的人。我替她倒了一杯冰水，放在桌上，玻璃杯内的圆冰块互相撞击，碰来碰去，发出清脆的声响。身穿牛仔裤与白T恤的她，看起来要比女儿年轻三四岁左右，被汗水打湿的刘海毫无章法地贴在额头上。

女儿究竟是在哪儿遇上这种人的？在大家忙着寻找身体健康又有能力的老公人选时，这两人到底是从哪儿开始出错的？

"行李就这些吗？"

"书桌已经很老旧，所以丢掉了，衣服和书之类的东西也几乎都扔了。冰箱和洗衣机都是房东的，所以也不用搬。"

她和我没望着彼此，而是像在自言自语般进行对话，但很快就没了话题，空气中降下一阵凝重的静默。疲倦感忽地袭来，我感到眼睛很干涩，于是暂时闭上了眼睛。滴答，滴答，时钟指针走过的声音变得响亮。

我的脑海中浮现了这样的记忆：

"请问你是哪位？"我问道。

"我问，你是谁？"我稍微提高了嗓门。

靠在病房正前方坐着的那个孩子，像是受到惊吓般支起了身子。她沉着冷静地说出自己的名字，并说明前来的用意。在这场装聋作哑、枯燥乏味的气势较量之中，我的目的只有一个，就是让她再也不要出现，到死都不要出现。

"虽然很感谢你，但你没有必要过来，这是我们家的事。"

我竖立起一道以家为名的高墙，将她赶出门外。她像是认同似的点点头，但并没有转过身去。

"我担心小绿，所以过来看一下。"

什么小绿？我很不喜欢别人用那种方式来称呼我的女儿。竟然藐视对方父母取的名字，用那种可笑的绰号来称呼彼此。她身上的短袖上衣彻底湿透了，肯定是照料我卧病在床的丈夫造成的。尽管如此，我依旧没有向她道谢。

"慢走，往后不必费心做这样的事。"

我走进病房，关上了门。透过房门上头的不透明窗户，可以看见一道剪影彷徨地来回踱步。我怀着不安的心情目不转睛地注视着。

不久后，她打开门走进来，拿起搁放在窗边的背包，视线往床铺的方向看去，告诉丈夫在一小时前吃了两根香蕉，喝了点养乐多。我调整了加湿器，并且刻意在整理她坐过的位置时弄出声音。自始自终，她都没能从我口中听到一声像样的应答或是道别问候。我将放于置物柜的一串香蕉和养乐多全部扔进垃圾桶。这不是梦境，是我的记忆。

她很显然是女儿的"女友"。

那已经是五年前的事了。或者是三年前？我记不太清了。在那之后，她仍然经常跑来医院。要是碰见我，就一言不发地拿着自己的物品离开；若是其他时候，就独自一个人，或者和女儿一起守在丈夫的病房。将丈夫安置于纳骨堂的那天，她也站在女儿的身边，在我视线可及之处。

她，就是比时我眼前的人。

"你从事什么样的工作？"终究忍不住开口的仍是我。

"我在学习做料理，目前在一间小餐厅工作。偶尔也会写写文章，还有摄影。"

我顿时感到喘不过气来，但不仅是因为客厅湿黏闷热的空气。我像是发了烧的人，将窗户完全敞开，并打开电风扇。

"什么文章？"

"就是宣传性的文章，介绍美食餐厅的简短报道。"

外头飘进沉滞潮湿的空气，好像马上就要下雨了。

"那有固定的收入吗？房租和生活费怎么解决？"

原本闪避我眼神的那双眼眸，此时正看着我。她犹豫着，一副不知该不该回答、正凝神慎重挑拣说词的表情。接着，她在自己背着的背包内翻找，取出了一本书。这本书大而单薄，封面印有缤纷多彩的碗盘和各式新鲜食材。她翻开书，在第一页上头写了一句话后，推向我这边。

献给小绿的母亲。

一翻开书本，就看见作者的姓名按照顺序排成了一大串。字号实在是小得可以，犹如随意散落一地的米粒。我眯着眼睛寻找她的姓名和介绍时，她开口道：

"小绿说已经获得允许了，我以为是如此所以才来的。要是令您感到不愉快，我向您致歉。"

"喂，我女儿可不叫什么小绿。"

她顿时抬起了头，和我四目相对。

"好的，只是因为叫习惯了。"

我合上了书本，将它推到她面前。她说道：

"那间房子的全租押金是我和小绿共同负担的。小绿说有急用钱的地方，去年拿回了押金，改成月租的方式，所以我也没有什么选择权。如果真有别的办法，也不会跑来这里。"

我的脑海中蓦然被各式各样的问题所淹没。关于这两人是怎么找到房子，又是怎么生活的，我什么都没听说；对于各自缴了多少钱，生活费是如何负担的，也一无所知。不过总而言之，那里头多少都包含了我给女儿的一笔巨款，也就是说，我对于这两人的生活有某种程度的贡献。我没有询问女儿为什么借了钱，金额又有多少，借此明确表达出我没有多余的能力负责，更没有此意愿。

"我不是责怪小绿的意思。无论如何，我们都会找出在一起的方法，就算是必须将外头的行李全部扔掉也在所不惜。"

她起身时，原本滴滴答答的雨势突然变大了。"妈妈!"外头响起了呼喊声，是二楼小朋友的声音。

我对在玄关穿鞋的她说：

"趁还没被大雨淋湿，先把行李拿进来吧。在雨停下来前，先待在这儿。"

她一句话也没说，径自在下起倾盆大雨的庭院里拿行李，拖着行李箱走过来，看起来像是怀着满腔怒火，又像是松了一口气。她的头发和衣服转眼就湿透了，于是我递给她一条干毛巾。

明明就还不了钱，还随便向他人借钱。

我暗自思忖，女儿的过失就等于是我的过失。又想，都是年过三十的大人了，这种事自行判断做决定就好。各种想法互相撞击，发出了铿锵的声响。

名为头痛的症状伸了个大懒腰，苏醒了。

说不定这两个人是学识渊博、老练世故的流氓，搞不好学校教了她们比拳头更强悍有效的方法，所以才会有像我这样不知道自己正在被抢劫，被算计，只能感到无可奈何的受害者吧。

"您要喝杯咖啡吗？"

小雨。如今，每天早上我都得在厨房和那孩子面对面，可是我从来没有出声喊过那名字。

"可以的话，希望我们彼此不要碰到面，至少在早上的时候。"

她来了之后，这是我说出的第一句话。那是几天前，当时我就站在这个地方。厨房内像着了火一样，弥漫着浓浓的咖啡香。她转头看了我一眼，接着继续专注地煮咖啡。过了好一会儿，她倒了两杯咖啡，并将一杯放于餐桌上。

"我十点上班，所以都是在这时间起床，起床后固定会喝一杯咖啡。"

可让我哑口无言的，不是那唐突的话语和无礼的态度。

"您应该也了解，我也负担了一份房租和生活费，甚至事先交了四个月的房租。因为您说会感到不舒服，所以我会小心一点。不过您似乎也该明白，我也有对应的权利。"

这明摆在眼前的事实，令人无法反驳。

她走出厨房后，我赶紧逃回房里，坐在床铺上发呆，咀嚼她所说的话。房租、生活费、权利、我那和金钱对调的权威、作为父母的资格、令心脏狂跳不已的羞耻与遭到的侮蔑，我能舒坦待着的空间正在逐渐减少，就像将纸张对折再对折。然后在某一刻，这两人会冷不防地发现我不在了，但那并不是因为我这个人消失不见，而是我立足的位置消失了。我就这样变成了不存在的人。不，也许这两人根本不会察觉。

那天之后，我就不吃早餐了。

我想不起来为什么再度走进厨房。在我怔怔站着的时候，那孩子拿了一杯咖啡和一只削好的苹果给我，接着一副事情办完了的样子，翻开薄薄的纸张，不知在埋头阅读什么。

我知道她们两人昨晚对话的事。她们以为我睡着了（或将我当成透明人），坐在客厅沙发上低语聊天，我也听见了肯定装着啤酒的两个杯子碰撞的声音。

"要再上去吗？"女儿问。

"再看一下情况吧。"那孩子回答。

"你怎么看待那家伙说的话？说什么家务事，还叫我们不要管。不觉得很惹人厌吗？大家明明听见了那家伙说的话，却一声不吭，甚至那些警察也是！还不都心知肚明。以为只要假装不知道就能解决了吗？是想叫别人都乖乖闭嘴、安静生活吗？"

她们是在说二楼的男人。傍晚左右，二楼那对夫妻开始吵架，情势愈演愈烈，最后连一楼都听得一清二楚。我说没什么大不了的，女儿也不听，非要跑上二楼，而那孩子也随即跟了上去。

"谁啊？你干什么？把门关上！没听到我叫你出去吗？"

我听见男人的嗓音，接着跑到院子里，努力仰头大喊："她是我的女儿。孩子啊，你下来。喂，左邻右舍都很安静，只有你们，大半夜的吵什么吵？我叫你赶快下来。"

瞬间安静了下来。

"喂，小姐，这是我们的家务事，你没资格在这儿指手画脚啦。"

男人的嗓音中透露出好不容易才压抑住的满腔愤怒，而女儿的嗓音又迫不及待地扑上去。

"先生，孩子们都在看呢。这哪是什么家务事啊？打人是犯罪行为，家庭暴力也是一种暴力。大家别只隔岸观火，赶快去报警！大家到底都在干什么啊？只会袖手旁观，就认为是别人家的事，真是太过分了！"

警察过了许久才来。巡逻车闪着警灯吵醒静谧的巷弄之际，女儿又提高了嗓门朝警察发火。在警察表示不能干预各种家务事，而且母亲和小孩子都不希望惩罚男人后，那个孩子的声音也加入了。

"加害者就在眼前，有哪个笨蛋受害者敢说要惩罚他？请你们别坐视不管，好歹也装一下在调查的样子，看看事情是如何发生的。"

这个小区很小，所以我希望她们俩不要这样引起骚动，不管那对已经有孩子的夫妻做了什么，都可以假装没看到、没听到。她们根本不懂结婚和经营家庭有多辛苦累人，对自己的无知一点愧疚感也没有，也不去想谁才是应该感到丢脸的人。我在确认大门外的骚动后，走回家里，关上房门躺下。

骚动落幕之后，那两人的窃窃私语仍不停在我无力的浅睡眠中进进出出。

"假装不知道比较方便省事啊，只要说不知道就好了。"

"就是说啊！大家真的太过分了。大道理谁都懂，可是做出来的事却这么肮脏龌龊。孩子都被吓哭了，怎么可以这样？看在孩子的分上也不能这样做吧？小区的人呢？都在看好戏吗？明明都在竖起耳朵听。"

"小声一点，要吵醒你妈了。"

女儿的声音激昂得几乎要沸腾起来，那孩子的嗓音则保持适当的冰凉。冷空气往下，热空气往上，两者描绘出曲线，构成一个圆；如果交汇的话，就能形成恰到好处的温度。

这两人把世界想成什么了？相信它是书上那些光明灿烂的事物构成的吗？觉得只要几个人同心协力，就能把它猛然推翻吗？

手机闹钟声响起，女儿出现在厨房。

"今天也是我最晚起床耶。妈，这么早就要出门了？为什么？哎哟，两人还你侬我侬地喝起咖啡。"

我心想女儿是不是在看我，结果她的一只手不知何时搂住了那孩子的肩膀。我反射性地转过头，竭力避免把不快的情绪写在脸上。

"我去一趟教堂，"我调整了一下呼吸，继续说，"你该上班了。别管我，去做你的事吧。"

我像个傻瓜似的朝着冰箱说话。

"教堂？妈，你现在还去教堂？不是不去了吗？"女儿坐在椅子上，将一条腿支起，不满似的嘟囔。

"除了身体很不舒服的时候，我都会去教堂。"我斩钉截铁地说。

但这是句谎话。我经过背对着我曲起膝盖、抚弄脚趾甲的女儿，径自走出厨房。就在我打开鞋柜找鞋时，那孩子递给我一个大的保温瓶和小药盒。

"这是咖啡，这是药盒，盖子上面印有星期几的字样，这样您以后就不会混淆了。"

她一定是发现了我老在自言自语有没有吃药。我无可奈何地用双手接下东西，提着走出家门。保温瓶的色泽和质感看起来很高档，分格的塑料药盒也是。这些东西丢掉了可惜，而且如果丢掉，迟早又得花钱再买。我边用手帕仔细擦拭它们，边走向教堂。教堂入口有几个人聚在那儿聊天，我等到人群散了之后才走进教堂。

"女儿不是回家了吗？真好呢。"

我坐在小礼拜室的角落，就像在玩捉迷藏一样，却很轻易就被大家发现了。

"该有多开心啊？这是女儿替你准备的吧？"

大家随即找出我身上发生的细微变化：像是我没有拿着塑料水瓶，而是提着细长发亮的保温瓶；携带了轻巧的雨伞和小巧玲珑的手提袋，别上了荷叶边的花朵胸针；将和女儿的合照设为手机壁纸。

"她家的女儿不是大学老师吗？对吧？"

"是吗？真了不起呢，真是天大的恩惠啊，没有比子女成功更大的恩惠啦。"

"执事以前不是当老师的吗？所以也很舍得花钱投资孩子的教育。如今投资有了回报，该有多高兴啊！"

只要有人像是打开开关般开始说话，其他人就会加油添醋、天花乱坠地说个没完。这些人是知道我之前没来祷告吗？所以在我合掌闭眼的时候，才会誓死阻止我，让我无法质问天主为何偏要赐予我如此沉重的苦痛。

"我女儿啊，是背着放入不明印刷物和书本、坚硬得宛如石块的背包，整天在全国四处奔波的流浪讲师。"这些话已经涌上了我的喉头。

"她是个可怜的孩子，在小到不行的车内解决三餐、打个小盹之后，回家又必须埋首在书本和文章之中，然后累到昏睡过去。"这些话则砰砰地重击我的胸口。

"而且啊，现在又以会缴房租的名义，和身份不明的女人一起闯进我家，打算让父母丢尽颜面。"这些话似乎马上就要脱口而出了。

在大家忙着你一言我一语的时候，我暗自仰望着讲台。

起初察觉女儿每晚通电话、写信的对象是女孩子时，我只是任由她去，因为这原本就是女生之间常有的事。从进了大学后开始在外头租房的女儿身上感知到可疑的气息时，我也竭力避免去抓住明确的证据或产生这种感觉。可能就是在这段时间，女儿已经走得太远，让我无力挽回；又或者是在无论如何都要补救的时间点，我却像个笨蛋一样，任凭机会从我手中流逝。

我只是坐在能够仰望讲台的这个地方而已。因为害怕被他人偷听到那些话语，所以只能静静合掌抚弄，保持缄默。想说的话、必须说的话、无法说出口的话、不能说的话，如今我对任何话语都失去了信心。这种话究竟能对谁倾诉呢？谁又会愿意倾听呢？这些无法说出口又无法被倾听的话语，失去主人的话语。

"来，请握住这边，先不要动，然后发力。"

让珍躺在病床上的身体转向侧边立起，花了很长的时间。珍的手颤抖不止，好不容易才摸到并握住床铺的栏杆。

过了一会儿，我替珍脱下裤子，眼前是光溜溜的臀部，红色的溃烂稍微扩大了。拿掉尿布之后，我将珍干瘪枯瘦的一只脚抬高，随即一股腥臭味散发出来。我将珍的一条腿搁放在肩膀上，以湿纸巾擦拭黑乎乎的腹股沟。寥寥数根的毛发贴在发黑、松垮的皮肤上，身体无止境地向下坍塌崩坏。在我以药用纱布替整个臀部消毒时，听见权科长在呼唤我。

在随时有人往来的走廊上，我听到的是这些话：

"不要太频繁使用药用纱布。"

我一时没听懂权科长的言下之意。

"因为整体来讲，您好像用了太多尿布，卫生纸或湿纸巾也用得特别多。"

这人是认为我将这些消耗品移作个人之用吗？或者怀疑我随意浪费物品？不过很快我就明白了，他不是这个意思。

"女士，这些都是钱哪，所以请您节省着点使用。虽然说这种话有些失礼，不过尿布如果剪开的话，不也能用上好几次吗？实际上大家都是这么做的，药用纱布也可以必要时再使用。只要下定决心去执行，没有不能节省的东西。"

我也晓得，大部分机构都是这样照料以国家补助金延续生命的患者。在那种地方工作时，我也曾经为了节省有限的消耗品而"杀红了眼"。疗养院的护理员像在比赛似的，只要找出新方法和诀窍就会有人偷偷模仿，最后连自己是按照别人的方法去做的事实也忘了。

可是这儿的情况不同。这里是必须负担高额费用，有资格接受礼遇的人住的地方，珍的情况亦是如此。大家都知道，她来到这里之后，多到令人无法忽视的赞助与捐款跟着上门，而疗养院的工作人员之所以对珍展现出无微不至的态度，也与此有关。

即便如此，我仍点了点头代替回答，因为不想不经意地说了句话后，让人发现我脸上的不快。是因为上次采访搞砸了的缘故吗，所以完全没有赞助上门？还是分析出珍再也无法靠自己过去的事迹吃饭，所以没办法继续当她是摇钱树？

一回到病房，我立即将床铺旁的置物柜打开来看。反正我也无能为力，这事与我无关。我不断如此告诉自己，数起剩余的湿纸巾、卫生纸和尿布。

"我那包东西在里头吗？"珍询问道。

我举起用丝巾包覆的一团东西，是珍以前受领并收集起来的一堆证书，有毕业证书、奖状和感谢信。如今那些东西都和污秽的卫生纸片堆放在一起，还有一堆空瓶、罐头和报纸团。珍不知从何时开始，对收集这种垃圾变得非常执着，仿佛它们是什么稀奇珍宝。

"都放得好好的，请别担心。"

"嗯，要收好才行，都是用得上的东西。"

珍的脸上扬起浅浅的微笑，一圈圈的皱纹随之浮现。

我隶属这家疗养院，在固定的日子发薪水给我的也是这家疗养院。不对，严格来说，我是隶属于看护派遣公司的人。评估我的绩效，决定要不要再给我工作，发薪水给我，都属于该公司管辖的范围。我现在只不过是努力和珍保持距离，遵循权科长的指示去做罢了。

但是要拼命节省并不容易，尤其是将尿布已经湿掉的部分剪掉，铺上一层报纸和卫生纸后再使用的行为，很令人伤脑筋。珍的臀部原本只有指甲大小的溃烂，在不知不觉中变得和手掌一样大。即便看到布满褐斑的皮肤像被火烧了似的发红裂开，我也只能替她包上发出恶臭的尿布，穿上裤子。溃烂的部分很快就会形成褥疮，张开乌青发黑的血盆大口，开始蚕食身上的肉。

"反正老人家也感觉不到痛，因为都失去知觉了，你不需要太放在心上。"

教授夫人一副"你也是无可奈何啊"的表情，说了句风凉话后走了。

每次碰到这种情况，我的脸就会一阵发烫，不知道该如何是好。这么说起来，我好像还不如在这里工作不到一个月的年轻新婚太太。那些人好像把能称得上是情感的东西全都丢在家里头了，所以能一刀两断，公私分明。也许是因为目前这些事情都能顺利且利落地解决吧。

回到家里的我，因为客厅被抢走了，厨房也被抢走了，只能将自己关在房间内。

稍早前，二楼敲敲打打的施工声逐渐消停了，接着有个男人在二楼栏杆旁大声喊道：

"太太，今天作业就到此结束，大概后天可以完工。"

从女儿和那孩子那儿事先领到的四个月房租，都花在二楼的维修费上，全数飞走了。反正对方也没有在等我回答，所以我只是默默点了点头。

夕阳西沉，厨房那边传来了铿铿锵锵的声响。接着有人敲我房门，是那孩子。

"我做了西红柿汤，您要喝一点吗？"

我将电视的音量调小，尽可能客气地回答：

"没关系。"

她打开门，探头进来。

"味道还不错呢，请您喝喝看吧。说话也不用这么拘束。"

我摇了摇手，表示不必了。一阵疲惫向我袭来。是太操劳了吗？一点饥饿感也没有。这两个孩子搬进来之后，就把原来在客厅的电视搬进了我房间里。

这是对我的一种体贴吗？还是叫我不要去客厅的意思？我将电视打开，不停眨着眼睛，然后进入了梦乡。睡梦中，虽然感觉到有人走进了房间里，不知道说了什么，又拿了某样东西出去，我却怎么也摆脱不了困意。过了许久，我睁开眼睛醒来时，已经是半夜了。

我悄悄打开门，走到客厅。滴答，那是指针在画圆的声音。因为空气湿黏，每走一步，脚底板就会粘在地板上。我敞开厕所的门，一屁股坐在马桶上，但后来又把门完全关好才开始小便。厨房整理得干净整齐，摊放在料理台的洁白抹布散发出漂白剂的气味，这些绝非出自凡事轻率冒失的女儿之手。

几天前，女儿才因为我把衣服全部混在一起洗而发了脾气，大吼白色亚麻衬衫染上了红色。反正是白色的，放点洗衣液就解决了，她却几乎暴跳如雷。这种时候就觉得女儿和死去的丈夫很像，只要发起脾气就什么也听不见看不见，在气消之前横行霸道，弄得对方不知所措，只能动也不动地僵在原地。

"衣服就由我来洗吧。我来做就行了，是我想得不够周到。"

女儿甩上了房门，是那孩子安慰了站在洗衣机前的我。

要是女儿也能这样说话该有多好！我记得脑海闪过这种念头。她毕竟是我女儿，我们是家人，所以才说不出那种温柔亲热的话吧？这孩子和我毫无关系，所以才能表现出适当合宜的体谅和礼仪吧？我没有回答，径自走出放洗衣机的工具间。也许其实我每次都想和那孩子对话，对她所说的话表示同意，并且有所回应，却必须极力抑制自己的冲动。这也意味着那孩子总是心思细腻，她似乎总对我需要何种话语，想听到什么话了如指掌。

水壶内有煮好的香菇水，一定是那孩子煮的。我小口啜饮微温的香菇水，心里这样想着。她有一手好厨艺，也很擅长家务，为什么不结婚呢？为什么不去做有意义又令人自豪的事情，好比组建家庭，生儿育女，成为一位母亲，好好承担自己的社会责任，等等，却要无谓地浪费时间精力？

像是习惯性地，在确认大门已锁好之后，我不由自主地来到女儿的房门前。手一放到门把上，门就打开了，门里传出电风扇转动的声音。我将电风扇的强度稍微调弱，把蚊香移放到门边后，忍不住转头看向床铺。

女儿身穿无袖背心与短裤，温柔地从背后抱着那孩子，两人就像一对感情好的姊妹，亲昵的朋友。可是牵引这两人的，并不是那种常见而平凡的原因。不管那是什么，俨然都在我的猜测与预想之外。

尽管如此，或许那只是女儿的错觉？会不会是涉世未深的两个孩子对彼此有所误解？几天、几个月之后，她们也许就会像什么事也没发生过一样？我可以将眼前的这幕情景揉成一团扔掉，将它变成一粒微尘，然后丢得远远的。

只要心想绝对无此可能，假装不知道，也许会比较舒坦。倘若被蒙在鼓里就好了，一无所知时总是轻松自在，觉得一切看起来很自然。可是，一旦彻底了解之后，它们似乎就会张牙舞爪，最后露出真面目。真相与事实，那些非黑即白的事物，总是做好了迎面扑来的准备。

女儿的小腿夹在面对墙睡着的那孩子双腿之间，她们肌肤紧贴，呼吸同步，在彼此的牵引之下，两人仿佛合而为一。我的脸蛋发烫，好不容易才压抑住马上叫醒两人、将她们彻底分开的冲动，轻手轻脚地走出房间。除了我住的房间，另外还有两间房，电风扇、台灯、桌子也都有两个。明明各占据了一个房间，但到了晚上就非得这样贴在一起睡吗？可是除了肌肤紧贴、同床共枕，这两人还能做什么？

我害怕在与这两人同住的期间又看到什么场面。也就是说，我担心在某一刻，某个场面会毫无预警地出现在我眼前，而我只能被迫面对它，直视那些存于想象与猜测的事实。也许它吓人的程度，远超过我做好的心理准备。

应该被藏匿的事情逐一暴露、最后被人目睹的那一刻终会来临吧？为什么偏偏这种事会发生在我身上？也许有人会认为事出必有因，甚至窃窃私语"无风不起浪"这种无聊透顶的俗谚，我却找不出任何使这种事发生的理由、原因或错误，所以才会这样束手无策，眼睁睁看着不愿看到的画面而感到痛苦煎熬吧。

某个周日早晨，女儿率先出门，接着在中午之前，那孩子也出门了。我把大扫除当成借口，把家里的所有门窗全部打开，走进女儿的房间，将薄被和衣物丢进洗衣机，整理起书桌上乱七八糟的书本与资料。

讲师免职撤回申请书

我发现的是夹在透明文件夹内的一叠资料。我找来老花镜，端详资料的第一页，学校名称旁印有大而方正的公章，像刚印上去一样浓烈鲜红。我缓缓翻开那叠文件，低头专注看着显然是女儿或那孩子，又或是某人写的激烈词句，之后离开了房间。

"你也该找份稳定的工作了吧？"

经过苦思之后，我所想出来的话仅是这个水平。但我终究连这句话都没说出口。是因为钱，我明白这都是因为钱。如果我没向这两个孩子收取房租，没有以税金和买菜钱为名目要她们多补贴一点钱；如果能够以住在全租房的条件，要求女儿和那孩子分手；如果我可以偿还女儿欠的钱，要那孩子立刻搬出去，我就有权随时追问发生了什么事，一脸严厉地提出忠告和建议。

此时的我没有那样的资格，仅仅凭着我让女儿诞生于世上这个理由来维持资格的时期结束了，如今它会不断更新，而我已没了能力和力气。两个孩子亦是如此。如果她们能拿出一笔令人瞠目结舌的钱，要求我理解她们，我该做何反应？虽知这不是单纯用金钱就能衡量的问题，但关于钱的想法仍挥之不去。

"最近有什么事吗？"

几天后的某个早晨，我确认那孩子不在家之后，小心翼翼说出这句千挑万选的话。

女儿坐在沙发上正打瞌睡，这才抬起头看我。昨夜女儿过了十二点才回来。几乎每天都是这样，有时天都亮了，她才犹如幽灵般，脚步踉跄地回到家里。

"妈，我很累，以后再说。"

我打算就这么走掉，可是突然被女儿吓了一大跳，于是走到她身旁。她的太阳穴上有瘀青，脖颈上有凹凸不平的指印，肩膀和手臂都变得红肿。

"我的老天爷，这是怎么回事？"我抬高音量。

女儿不耐烦地甩开我的手，转向另一侧躺着。

我将女儿的身子支起，严厉地问：

"这到底是怎么一回事？"

"只是跌倒而已。妈，拜托，别管我好不好？"

女儿的声音颤抖着。在费力支起女儿身体时，我发现她一脸快哭出来的样子。

我逐渐提高嗓门："我不知道自己究竟做错了什么，还有你又是从哪儿开始出差错的。都是三十多岁的人了，没有稳定的工作，也没有结婚的想法。把奇怪的女人带回家还不够，现在还到处跟人打架。如果不是想存心折磨我，怎么做得出这种事？如今连我这个老妈子说的话也完全不放在眼里了。"

"啊，又哭了。干吗这样？又没怎么样，何必把话说成这样。"

女儿抬起头，和我的眼神交汇，瞳孔中充满裂痕般的血丝。情感瞬间逃出控制范围，我将敞开的窗户关上，压低嗓音：

"你那些优秀又了不起的学问究竟都用到哪儿去了？你学到的就是全然无视父母，却在其他人面前假装聪明吗？"

女儿起身坐好。

"干吗又扯到读书啊？你什么时候听我说了？别人说的话就照单全收，却死都不肯听我说话。"

我降低嗓音，沉静地说：

"你那不象样的话，我已经听过无数次了。虽然不知道你打算再说多少话，往我的胸口上钉钉子，但我也有权利看到我辛苦拉扯长大的子女平凡地生活。"

"平凡生活的定义是什么？我的生活又怎么了？"女儿拉高了嗓门。

我拉着女儿的手腕制止她，断然说道："还问怎么了？你是真的不知道吗？"

"妈，你不觉得太过分了吗？真的要一直这样？这话题不是老早就结束了吗？"

记忆总是从最为脆弱的部分开始苏醒，因为我无法梳理与认同那些事情，所以无法将它们完全关起来。它们时时蠢蠢欲动，挑动我的神经，并且再次擅自霍然打开盖子，而我的女儿，正从那条漆黑狭隘的巷弄迎面走来——

那天，我一整天都在等着女儿，在擅自搬出去的女儿租住的套房前来回踱步，注视着落日的风景。直到夜深了，女儿才回来。她打开玄关门，眼前出现狭小黑暗的房间——轻薄的被褥、一张小书桌和一盏台灯就是全部了，不管白天黑夜，都不会有光照射进来。女儿用纸杯装水，端过来给我。我一句话也没说，怔怔地看着放在地板上的纸杯，然后一口水也没喝，就离开了那个地方。

我心痛地领悟到一件事。

如果我一味拉着女儿，最后这牢牢绷紧、岌岌可危的线就会应声断掉，我会就此失去女儿。

但那并不代表我理解了，或是同意了。我只是将手中的线放松，退让了一步，使女儿能够走得更远一些；只是抛下期待，抛下野心，持续抛下某样东西退开罢了。女儿当真不晓得这有多困难吗？是佯装不知吗？还是不想知道？

"什么结束了？你是真的不知道吗？你想过我每天看到这种画面的心情吗？想过看到长大成人的子女过得这么不正常是什么心情吗？"

女儿呆呆地望着天花板，叹了口气，接着换了衣服，打开玄关的门。她像是想说什么似的，朝我的方向转过头，但什么也没说就出去了。忐忑不安的心平复下来后，我的双唇之间轻吐出安心的叹息。

我是个好人。

我终生都在想办法当个好人。好孩子、好姐妹、好妻子、好母亲、好邻居，很久以前还包括了好老师。

一定很辛苦吧？

我是会对他人产生共鸣的人。

只要尽了全力就够了。

我是会替他人加油的人。

我都理解，充分地理解。

我是通情达理的人。

不，也许我是心生胆怯的人；捂住耳朵，什么都不想听见的人；避免跳入火海的人；避免深陷泥沼的人；小心不弄脏身体和衣服的人；我是站在边界的人；说着甜言蜜语，挂上笑脸迎人，却在暗地里慢慢往后退的人。我依然想做个好人吗？可是如今该怎么做，才能成为女儿眼中的好人？

连着好几天，沉默在女儿和我之间弥漫。

下公交车时，雨已经完全停了。总站内很闷热，我坐在椅子上稍做休息。总站由小摊、脏污的厕所和售票处构成，来往的行人只有三四名。膝盖很酸痛，像是有一根尖锐的针不停往极为敏感脆弱的部位扎。我好不容易才站起来，走到总站外，在大太阳底下拦了一辆出租车。就算我舔了舔嘴唇，干燥的嘴巴依然没有唾液聚积。

"什么？获什么？你说谁？你们是什么关系？"

白发苍苍的保安慢吞吞地走出来，一面拍打着帽子，一面上下打量着我。正门前停了一辆庞大的卡车，堆放着破旧不堪的货柜。

"我说，他有监护人，那个人现在在疗养院。我有事要告诉他，所以才来的。"

"监护什么？你说什么？那是什么？"

我的双脚开始发抖，这都是在塑料大棚排排林立的乡间路走太久的缘故。我感到口干舌燥，双眼刺痛。这个国家的工厂怎么全是这副德行？难道就不能弄得花花绿绿，装饰得好看一点吗？是打算用灰色来武装，防止别人接近，再用冷漠的态度让人退避三舍吗？

"喂，别再进来了，就在那边等着。我也不知道，反正你就在那里等。"

保安打开警卫室的窗户，伸手拿起电话筒。我蹲在工厂入口，烈阳毫不留情地落在我的头顶，膝盖很酸痛，脚底板也灼热刺痛。此刻，我无法驱逐自己正在接受惩罚的想法。究竟我需要反省忏悔的是什么？我希望有个人能来告诉我，不管是谁都好。

"请问您是谁？"

起初现身的不是狄帕特。男人说自己是狄帕特的同事，打量了我的穿着后，再次走进工厂。

真正的狄帕特在几分钟之后现身，他拥有一副修长的身躯，和我的想象不同，皮肤既不黝黑，也没有干瘦矮小的体格。如果没有穿着维修工的连体工作服，给人的印象应该会好上许多，就算让他当自己的女婿也毫不逊色。虽然将生平初次见到的男人和女儿摆在一块很不恰当，但我仍情不自禁地想象着。他脱下手套，将上衣的拉链稍微往下拉，油味、汗味和刺鼻的药水味同时迎面袭来。我揉了揉灼热的眼睛，突然不知道话该从何处说起。

"李济熙，李济熙女士。"

我说了好几次珍的名字，并说了她的事情。过了很久之后，狄帕特的脑海中才浮现珍的名字，我很快就从他的表情中察觉到这点。

"她现在在疗养院，老人的医院，就是年长的人居住的地方。"

我说完之后，狄帕特问道：

"病得很重吗？"

"毕竟年纪六了嘛，如今要自行打理生活很困难。"

狄帕特喃喃自语：

"也对，年纪确实很大了。"

我们的说话声在窄小的阴凉处低沉地来回。我沉静地等待着，对话一再延续下去，最后来到我所预想的话题，直到我能够顺水推舟地说出准备好的台词。然后，那一刻来临了。

"有空能来疗养院一趟吗？来一下吧，她说很想见你。"

这是谎话，但如果他能来，也许多少能改变珍的处境。至少大家不会像这样没大没小、蛮不讲理地对待珍。我期待的就只有这件事。

"别这样，有空来一趟吧。"

狄帕特的一双大眼睛呆呆地望着我。

"我只是暂时出来的，必须马上进去。我没有休假。请把联络方式给我，我会主动联系的。我没有手机。"

他理了理工作服的袖子嘟囔，一副嫌麻烦、厌烦的口吻，磨损到脱线的袖口满是脏污。也许真是因为他分身乏术吧，但我失落憎恶的心情仍没有散去。

我向保安借了圆珠笔，写下电话号码时，狄帕特说：

"请帮我传达，我也很想见她一面，真的。我一直都很好奇，一定会找时间去的。"他和我四目相接，又说了一句："我从来没见过她，一次都没有。"

我记下工厂的名称和电话后，沿着狭窄砂石路走出来。每当卡车和摩托车经过，就会扬起一阵黄沙。

我的天啊。

每当这时，我就会动作缓慢地退到路边，完全停下脚步，然后转向能看见远处山脉的那侧。我马上觉得眼睛微刺痛，好像有异物在里面，接着就流出了眼泪。

怎么会赞助素昧平生的人？她原本就打算每个月汇钱给那种等同是陌生人的孩子吗？

我抹了一下发热的眼眶，不知是汗水还是泪水，沾湿了整个手背。

我的天啊。那女人怎能数十年来持续做着这种荒唐至极又令自己心寒的事情？

不管原因是什么，一直以来只是一味接受的人是不会懂的，因为那无法单凭猜测或想象来理解。他们终究不会明白，自己接受的是什么，为了使自己获得那样东西，某个人拿出了什么来交换；还有那份钱，带着何种色彩，散发出什么味道，又是何等沉重。倘若我必须且又有能力将如此贵重的东西给予某人，家人会是唯一人选。只能是与我共享呼吸、体温、血肉的子女。

珍为什么做出这种荒诞无稽的事来？

结果到最后，她帮助的是这种全年无休地在工厂工作，一整天暴露在化学药品中的人吗？为什么任意将年轻时期那珍贵的力气、热忱、心意和时间分享出去呢?

脚下有两只身形庞大的蝉腹部朝上地死了。附近也聚满了小飞虫,就在高大的路灯底下。

到底是为了什么?

我弯下腰,将已变得干枯的蝉推到草丛边。如果用指尖抓住的话,它们就会窸窣碎裂,失去原来的形状。我先是蹲着,最后干脆两脚一伸,直接坐在地上。被炽阳烈日晒过的路面很烫,我就这么坐了好一会儿。远方的景色朦胧而潮湿,先是膨胀起来,而后凹陷,然后再次膨胀。

直至日暮时分，我才拖着精疲力竭的身躯回家。口中呼出热气，始于脚底板的热度沿着身体往上延伸。站在大门前时，教授夫人打电话来，说她订了有人自家种的苹果，问我要不要拿一点；还有人发短信追问我，为什么最近清晨没去祈祷。我在给予他们诚心诚意的答复之后，才开始翻找皮包。总算找到钥匙握在手里时，大门开了。

"您回来了。"

是那孩子。

"小绿还没回来，她说今天会晚回家。"

两个小朋友坐在玄关的阶梯上，是住在二楼的孩子。比起垫着书包坐着的小男孩，小女孩身形娇小，看起来更为柔弱。孩子们手指着地上的东西咯咯笑着，完全没有朝我这边看。

"你们在这里做什么？"

我一问，小孩猛然抬起头，小声说："是汤圆，是我做的。"

接着小孩就把嘴巴张得大大的，打算直接吞下去。我用双手握住孩子小小的拳头，摇了摇头。即便是再小的问题，小孩子的身体也会出现很大的反应。因此，若是吃下了没熟的面粉就会拉肚子，说不定会拉上一星期的肚子，不停地哭闹耍赖，吵得妈妈整夜无法睡觉，就像我女儿从前那样。

如今他们的身体仍如稚嫩的绿芽般弱不禁风、纤细柔软，可是充满活力的沸腾热血很快就会让这些孩子茁壮长大。我目不转睛地看着孩子清澈明亮的小脸，飘逸的发丝，就像被深深吸住了一般。

"这是烤过的，所以可以吃。很烫，要吹一吹再吃，里面有蜂蜜。"

那孩子话才刚说完，小男孩便迫不及待地拿了一颗往嘴里塞。

"有蜂蜜？真的吗？"小女孩举着汤圆东看西看，好奇地询问。

小男孩只是害羞地抬头看着我和她，一个劲地点头。

"妈妈去哪里了？"

我小心避开孩子的身体，边上楼梯边问。

小男孩忙着咀嚼之际，小女孩说："我妈妈去工作了，在公交车上！”

“公交车？什么公交车？”

我一询问，小女孩用清脆响亮的声音答道：

“开公交车，噗噗，我坐过，这么大的公交车！”

“喂，才不是咧，是面包车，不是公交车。”

我试着想象那两个孩子的母亲如何度过漫长又艰辛的一天，可又有谁不是这样生活呢？我任由孩子们吵吵闹闹，径自走进屋内。

“我看他们两个回不了家，坐在巷子前面，所以叫他们进来。要是爸妈回来了，就送他们上去。您要吃点烤汤圆吗？”那孩子跟进来说道。

家中弥漫着浓郁香甜的气味。我摇摇头，就连感到饥饿的力气也没有。我洗了手，只拿了一杯水坐到沙发上，虽然试着挺直腰杆，但很快就成了弯腰驼背的姿势。腰部嘎吱作响，似乎发出了尖叫声。外头响起一阵轻笑，就像搔别人痒时发出的声音，羽毛往高空轻飘的声音，家中应该听得见的儿童声音。

“你过来这边坐下。”

我喝下水，然后不假思索地开口问起女儿的事。说得更准确些，是关于女儿身上留下的原因不明的伤口与暴力痕迹。

"您要不要直接问小绿呢？这似乎不是我能擅自评论的事。"

她很坚决，似乎刻意闭口不谈，一副让人看了不舒服的样子。

于是我说，好歹在同住一个屋檐下的这段时间，我付出了极大的努力，还容忍了许多事情，所以你不也应该对这可怕的同居生活展现出哪怕最低限度的努力，这样才公平，不是吗？

她的视线在地上的某个点停留了许久，接着以不知该如何启齿的样子开了口：

"听说去年秋天，学校解雇了几名讲师。一般来说都会直接签新合同，这次却毫无预兆就解雇了他们。"

我和她视线相交，示意她继续说。就像有人紧紧揪住了我的心脏。我放松嘴巴，做了一次深呼吸。女儿又做了什么事？难道又气呼呼地打算把时间和精力浪费在往后会追悔莫及的事情上？

那孩子继续说：

"因为这件事不合理，所以小绿似乎想尽一份力。虽然眼下自己不是当事人，但难保哪一天自己不会碰上。同时那人也是熟识的人，大家才会一起向学校抗议。听说是用召集人群、向大众宣传之类的方法。"

我暂时闭上眼睛，接着又睁开。家里的样貌先是一片迷蒙微白，而后慢慢恢复了形状。我感到全身无力，脑袋昏沉。

什么？去年秋天？我的天啊，所以女儿就为了这事，将押金忘得一干二净？明明是别人的事，只要睁一只眼、闭一只眼就好了，结果她又跑去多管闲事。就像有一把心火在烧，我的胸口变得滚烫。

"学校这么做一定有原因的吧？又不会平白无故这么做，不是吗？"我如是说。

她毫不犹豫地回答：

"没有原因。似乎是把课程拿来借题发挥，但说穿了就是非斥嘛，因为是同性恋，才想把他们驱逐出去。我说那些人，被解雇的那些人。"

什么同性恋？那个词在未经我许可的情况下从我的耳朵窜入，贯穿了整个脑袋。这些话语如此暴力，又单方面地扑面而来。我担心她又会说出什么话来，所以慌张却沉重地纠正那句话：

"我女儿不是那种人。"

"我说的不是小绿，而是这次被解雇的那些人。"

她一脸尴尬地摸了摸指甲。她的手背上有着白白的死皮，显然是烧伤和被锐利的东西划伤留下的痕迹。

我的视线一时被吸引住，可是最后仍忍不住说："以后请别再那样说。"

她一言不发。过了好一会儿，才问我还有没有话要说，接着就安静地开门走进自己的房间。

那之后好几天我都没有回家，而是在疗养院过夜。因为珍的状况恶化了。不，也许是我需要时间来接受女儿的问题。珍的脸上逐渐失去了表情，不过才几天，就丧失了力气和活力，她的一切都在一点一滴地消逝。

"那是在我读高中的时候。我不是借住在朋友家吗？我真的是拼死拼活在读书，因为父母对我读书这件事很不高兴。可是我暗地里有过这种想法，往后要去美国，还要去日本，要跑得远远的，就像老太太您那样。"我望向漆黑的窗外，悄声说道。

珍抓着我的手，静静地眨着眼睛。她的瞳孔深不见底，眼角的皮肤失去弹性，起了层层皱褶。每一天，眼眸似乎都会更深邃一些。

"您不是在美国读过书吗？还有法国。那里如何？喜欢那边吗？"

我凑到珍的耳朵旁，说起美国，法国，接着提高嗓音说了"国外"一词。

"国外？有啊，我在国外生活过。"珍干瘪的嘴角漾开浅浅的笑容。

"您在那里做了什么？做了什么事？"

"嗯，在那里吗？工作啊，还有读书，就和在这里时一样。现在想不起来了，时间太久了。"

"您没有碰上什么困难吗？有没有碰到困难？只身在国外生活。"

"那时年轻气盛嘛，也不知道什么是辛苦，只觉得很有趣。"珍紧紧握住我的手。

我点点头，"嗯、嗯"了两声附和她，接着又试着提起狄帕特的事情。

"可是，您完全想不起狄帕特吗？狄帕特，狄帕特，菲律宾人，不是有个外国的小孩子吗？"

"那是谁？"珍压低音量说悄悄话，像是感到很有趣似的。

我试着附在珍的耳朵旁，多说一些能帮助她恢复记忆的事情，但我也同样对狄帕特一无所知。

"那孩子不是您拉扯大的吗？不是每个月都汇钱给他吗？不记得了吗？"

"没有，我没孩子。你有孩子吗？有几个？"珍问道。

"我吗？一个女儿。"

"你有女儿啊？真好，一定很漂亮，就和妈妈一样。妈妈很美，很漂亮。"

顿时一片静默。

就在我自责多嘴的时候，凝视窗边的珍缓缓地将视线转到我身上。

"今天不回家吗？"

"回的，再等等。"

"你有孩子吗？"

"一个女儿。"

"没有儿子，只有一个女儿？"

"是的，一个女儿。"

"真好，一定很漂亮。因为妈妈很漂亮嘛。"

相同的对话又重复了三四次，我才让珍躺下，替她盖上被子。过了许久，珍的呼吸声才变得均匀稳定。偶尔听见她咳嗽，呼吸变得不平顺，我就会轻轻扶起她的身子，调整床铺的高度。自从几个月前共享病房的老人家过世后，这间病房就没有其他人住进来，因为要负担比其他病房更高的费用。

我好像让女儿读太多书了。我希望女儿能够尽情读书，可以上大学，读研究生，这样就能成为大学老师，遇上好老公。可是啊，我女儿真是个笨蛋，也不知道究竟在想什么。最近只要想到那孩子，我的胸口就像是被堵住了一样。这是我的错吧？一定是我做错了什么。但我真的搞不懂，到底该从哪里插手，我有没有权利那样做。但我毕竟是她的妈妈啊，不是吗？这世上，除了我，还有谁能出面做这些事呢？

原本冷静沉着的心，开始往某一侧倾斜，摆荡。我调整了一下呼吸。漆黑的窗外有某样东西闪烁着，向上飘起。是飞机。

实在太伤我的心了。那孩子为什么不安安分分地生活呢？为什么就连努力也不肯呢？我为什么会生下那种孩子？生下她的时候，我心里不知有多高兴啊。看着她时，我感到诧异又神奇。俯视着入睡的孩子，就会涌现一股只能称之为"爱"的情感。

我暂时停下来，仿佛要咬断想说的话般，让上下两排牙齿咬合碰撞，发出咔咔声。有些话语完全化作了这咔咔声，无法说出口，犹如铁钉般被牢牢钉死，怎么也拔不出来。

为何我的女儿偏偏会喜欢女人呢？是故意将这种其他父母一辈子都无须思虑的问题丢给我，要我试着突破难关，用这种方式来催促、胁迫我吗？为何要让生下她的我变得如此悲惨呢？我的女儿为何如此残忍？怀胎十月生下的孩子为何令我感到羞愧丢脸呢？真讨厌因身为孩子的妈而感到无地自容的自己。那孩子为何要让我去否定她，甚至让我否定自己以及自己活过的大把岁月呢？

总算快睡着时，有人打电话来，听筒那端传来女儿兴奋激动的声音。

"妈，你在哪儿？嗯，你不是说今天要睡在疗养院吗？是小雨说的。那里睡起来不舒服吧？没关系吗？"

她一副什么事也没发生的口吻，我听见一群人的声音交织在一块，以及后头微弱的音乐声。

"现在几点了？你在哪儿？"我悄悄走出病房，向安全出口走去。

"还能在哪里？当然是在家啦。现在？喂，现在几点？什么，真的？公交车应该没了。怎么办？

住下来吧，当然，没关系，明天再走。"女儿顾着和身旁的某个人说话，过了好一会儿才继续讲电话：

"噢，就一群朋友。因为有些东西要拿，所以来家里坐了一下，结果时间拖太晚了。总之，妈，在疗养院睡觉不是不舒服吗？在那边要怎么睡？还有，我朋友他们可以住一晚再走吗？反正一大早就会离开。真的没注意到时间这么晚了。"

"不是说在家吗？是谁啊？你带了谁回来？"

心脏开始怦怦直跳。到底又带谁回来了？在那个一到夜晚就鸦雀无声的小区里，这群孩子又想引起什么骚动？会不会有人看到？会不会有奇怪的目击证词一家传到一家，在渲染扭曲之后，秘密地在小区里流来窜去？最后那些话语会不会又闯进我的耳朵？

我蹲坐在楼梯的一隅。到底应该劝她，还是应该叮嘱她呢？该骂她，还是什么都别讲会比较好？我说早上会回去一趟，然后挂掉了电话，直到天色全亮之前，辗转反侧，无法入眠。

回到家门前的巷弄时，明亮的光线照射进来，感觉住在对面的男人好像会冷不防地冒出来。虽然没有理由，也没必要感到心惊胆战，但直到我打开大门之后，心情才总算平复下来。开启铁制大门的声音大得吓人一跳。玄关门半开着，窗户也完全敞开。没关门窗就睡了吗？这些孩子为什么这么不小心？

"妈？"我低头看着玄关前放满的鞋子时，女儿跑了出来。

在我还没来得及开口问什么之前，一群人就从厨房那侧跟着出来，后头还飘出一股香甜浓醇的食物气味。三个女人，两个男人，还有那孩子，瞬间把客厅挤满。

"您好，抱歉这么唐突跑来，因为我们昨天忙得天昏地暗。"

戴着厚重眼镜的女人和我打了声招呼后，站在旁边的人也各自过来寒暄了两句。虽然现在才一大早，但所有人都将裤子卷至膝盖，个个脸蛋通红。巨大的布条、木板、花花绿绿的彩纸和传单在客厅中间散落一地。

"没关系，大家随便坐。"

大家把打算进房间的我带到厨房，椅子只有四把，最后我占据了其中一把。口感滑嫩的蒸蛋、水煮马铃薯、炒西红柿和绿花椰菜，用小黄瓜和高丽菜做成的沙拉，烤得香脆的吐司，另一边还有放了满满的辣椒煮出来的方便面。虽然我并不怎么饿，但仍尝了尝显然是那孩子所做的料理。

"味道不错吧？吃的时候还没感觉，但一转身就会怀念那个滋味呢。"坐在对面的男人咬了一口吐司说。

"您还没去过小雨工作的地方吧？那是在哪里……总之是最近当红的餐厅，还有很多外国人来呢。"戴着眼镜的女人插嘴说。

我默默听着大家对话，同时试着琢磨女儿和那孩子对于这些人来说是什么样的人，也想了一下这些人是属于哪一类的人。女儿站在餐桌旁咀嚼一根长长的小黄瓜，没有说话，只是皱着眉头，一副专注思索的表情。看她嘴巴的形状，不知在和那孩子交头接耳什么，颈项上还留有红红的伤痕。孩子们到底都在做些什么？

"啊，我在研究室工作，这位是记者，还有这位，是名干事，这位则是小学老师。"

令我诧异的是，他们里头还有已婚人士，有固定工作，也有家庭。到底他们的人生缺了什么，要对这种与自己毫不相干的事情感兴趣？是认为此事关乎自己吗？我突然有种全身赤裸的感觉，不知道该做出何种表情，又该说什么话。我没有办法像许久前对待女儿的朋友般，自在地面对他们。

"大家应该都很忙吧。"

他们没有察觉我的言下之意，自顾自说着不知道是称赞还是辩解的话后，接二连三地离开座位。最后留下来的是那孩子。

"还剩下一些食物，要帮您打包吗？"她边将空盘放入洗碗槽边问。

我摇了摇头。直到匆忙离开家里，走了很长一段路之后，才试着再次回想家中的情景。

高低起伏与语调不同的声音将沉积在家中每个角落的静寂一扫而空，注入活力；蜷缩多时的家伸了个大懒腰，如今总算有了个家的样貌。我所感受到的不就是那样吗？随时有人进出、气氛热闹的家，就像我偶尔期望的那样。

然而，那些人只有此时此刻才是彼此的好朋友和同事，不过是随时都能转头离去的人。现在我家所需要的，不是随时都能走掉的人，而是家人。能守护女儿的就只有家人而已。我是否该将这再明显不过的事实告诉女儿？

一到上午，病房就熙熙攘攘的，因为今天是一个月两次的沐浴日。不久前，有位护理员在独自搀扶老人时摔了一跤，结果那老人膝盖和手臂都摔断了，完全无法动弹。子女跑来大吵大闹的时候，护士赶紧跑到每间病房去，要求其他护理员保密。那天晚上将负责那名患者的护理员解雇之后，整件事才算落幕。

　　年轻的新婚太太独自负责隔壁病房。四名老人，一名护理员，比起我照护珍一个人，工作算是非常吃力的。我在走廊上四处寻找教授夫人，最后只好放弃，转而向新婚太太求助。

　　"您一个人扶她应该绰绰有余啊。"

　　新婚太太正在替一名老翁脱裤子，替换尿布——在鼠蹊部位上覆盖塑料袋，用橡皮筋加以固定后，再包上半块尿布。我心想有必要做到这样吗？但我只是一言不发地偏过头，毕竟也不能只怪她一个人。我好说歹说，哄着一脸不悦的新婚太太和我一起回到病房时，发现床铺上空无一人。我将散落在地上的病人服上衣和床单捡起来，开口呼唤珍的名字，但不管是病房或走廊，都不见珍的踪影。

"好歹也把她的手绑起来嘛，找到人时再叫我吧。"

新婚太太回去后，我找了很久，才在一楼的洗衣室找到珍。她贴在细长的窗户边，望着外头。

"原来您在这儿呀，我找了您好久。为什么跑来这儿呢？"

珍一面看着我，一面蹑手蹑脚地往后退，手上不知道拿着什么。装有餐盘的餐车从走廊经过，发出"咔啷、咔啷"的金属声。

我伸出手，一步步走近。

"您得去洗澡呀。来，赶快。"

终于握住珍的手时，我一脚踩滑，差点就摔个四脚朝天。珍的宽筒裤湿了一片，地面也出现了一摊水。我将珍手上握着的物品抢过来，那是回收利用的半边尿布。窗户的下方和置物柜已经沾满从尿布漏出的大小便。

全身光溜溜的珍抓住洗手台旁的把手，很勉强才站稳脚步。稀如水的排泄物从屁股沿着大腿流到小腿上。虽然不是第一次发生这种事，但我仍咬着牙，不停嘀咕："太可怕了，真是太可怕了。"

"请稍微忍耐一下，很快就好了。"

我用莲蓬头往珍的身上喷洒水。

"不要，我不要。"

失去弹性、松垮软绵的肌肉吃力地挂在瘦削的骨头上。我搓揉着晃来晃去、没有支撑力的肌肉，给珍抹上肥皂。她的双腿不停地打战。我用沾了泡沫的手仔细清洗腹股沟，将发黑的褥疮周围的死皮取下。

这女人到底为什么要活这么久？

每当这种时候，似乎才会明了生命有多残酷狠毒。只要跨越了一座山，就会接二连三地出现另一座。你先是带着某种期待横跨山头，最后却万念俱灰地越过山岭。尽管如此，生命也不会因此手下留情，你无法期待它的宽容或放过，所以最后只能在这场战役中弃械投降，以认输收场。

珍的身体摇来晃去，失去重心。我眼疾手快地抱住了她，像是漏气的气球般皱巴巴的身体比想象中来得沉重。也许那并不是骨骼、蛋白质、脂肪和水分，而是某种时间和记忆层层堆叠起来的重量，是鲜红的血液依旧滚烫地在全身流动的证据。我用这样的方式努力记住，珍依然是个人。

"用点力，腿部用点力。"

珍使出吃奶的力气搂住我的脖子，令我不禁怀疑这股力气究竟打哪儿来的。我快无法呼吸了。当我反射性地试图拉开珍的手时，她狠狠对着我的颈项咬了下去。

"啊，啊！好痛，我会痛！"

我喊得越是大声，珍就越奋力挣扎，最后几乎是靠双手抓着我的头发支撑身体。她粗重温热的喘息窜进我的耳膜，莲蓬头兀自转来转去，水喷得到处都是。再这样下去，我会丢了这条老命。就在我如此思忖之际，有人开门出现了。

"哎呀，这是怎么回事？"

是在餐厅工作的厨师。那名身穿白色卫生服的女人着急地原地跺脚，一边喊着护士，一边往走廊尽头赶去。

我站在年轻人熙来攘往的街道中间，酷夏的热气袅袅上升，仿佛要把人行道的地砖全都融化似的。建筑物像在一片氤氲中舞动摇曳，眼前的景色开始模糊变形。

　　好，现在该往哪儿去？

　　如果这样问自己的话，动作慢吞吞的我是不会有答案的。最后我只能让某个人停下脚步，向对方请求协助。这就和在马路边挥手拦呼啸而过的出租车一样，不，也许比那更困难。幸好有一个脚踩黄色运动鞋的女孩子，边挥动扇子边指向地下通道。

　　从阴森暗冷的地下通道走出来，这才看到学校的正门。炎夏的天气又湿又热，弄得人筋疲力尽，每次擦汗时手掌心都会贴在湿黏的皮肤上。最后我全身无力地瘫坐在能看见正门的小店旁。

　　"请大家帮忙一起签名，一起签名吧！"

　　一群人高声喊着，在对面的学校正门前摆了张折叠桌，后头还有随便搭建的帐篷。因为阳光太过刺眼，我无法看清楚布条上写了什么。

"要来一瓶冰水吗？"一名上了年纪的女人从店铺内探头出来询问。

她一定是想暗示，如果不买东西就别在这儿占位置吧。我点了点头，拿出一千元。是一瓶半冰的水。我含住一口水、两口水，然后缓缓吞下。一群像是观光客的人聚在一块，呼唤着彼此，吵吵闹闹地拍照，接着走过了街道。在挡住视野的人离开之后，我再次看到正在分发传单、高声呐喊的那些人。

"看他们一整天站在大太阳底下，好像一点也不觉得热。"老板娘从低矮的小门走出来，喃喃道，"也是啦，最近到处都是那种人，不久前还跑到区政府前面大吵大闹呢。真不知道大家哪来这么多抱怨和不满。以为只要吵了就有糖吃的想法也是个问题，一点都不懂得心存感恩。"

老板娘用扇子在地板上啪啪挥了几下，坐在我身旁。一阵暴雨般的蝉鸣声扬长而去。起初耳朵内有嗡嗡的机器音，接着引起好几波像是用指尖刮过铁盘般可怕的耳鸣。噪音一停止，内心霎时出现一股空白的静寂，令我感到晕眩。

"不过，大家都过得很拮据，能有这么一家店面，心里该有多踏实啊。"

我好不容易才转移了话题，但视线依然停留在路的对面。公交车一辆接着一辆，像一列细细长长的火车经过。

"一整天坐在这鼻孔大小的地方赚不了什么钱啦。附近已经有太多便利店了，只有快递员会来买几包烟而已。不过，想到处境更艰难的那些人，还是值得感恩啊。也只能这么想了。

"好几年前，市政府颁发许可证给长期无照摆摊的少数人 也多亏这样，这些人才能拥有自己的店，比一坪 [1] 再大一丁点的小店面。可是听说啊，那买卖价还喊到一两亿呢。"

女人不停说着那些时空倒转的过往话题，只对她自己才有意义的话题。

"得之我幸，失之我命。我们那时候不都这样吗？就算没有办法也要活下去啊。可是现在的人啊，就只知道无理取闹、一意孤行，把这么珍贵的时间都丢在了路边。"

---

[1] 坪，韩国面积单位，主要用于计算房屋、建筑用地的面积。韩国一坪等于 3.3057 平方米。

我点了点头，努力表现出反应和共鸣，免得她觉得自讨没趣。

"不过，那些人在喊什么？"

过了很久我才开口问，幸亏她没有发现在我没好气儿的嗓音中，隐藏着错综复杂的情绪。

"谁知道，听说学校一声不吭就把讲师开除了。最近大家的日子不都很难过吗？就算是学校也不能养活每个人嘛，不是吗？在他们之前啊，也有几个人做了类似的事，当时警察还跑到学校里，闹得鸡飞狗跳。唉，真不晓得世界会变成什么样。因为这种事早就司空见惯了，现在我一点儿都不好奇了。"

过了好一会儿，我才吐出一句：

"那也不能毫无理由就把人开除嘛。"

"可是也不该这样一直大吵大闹的啊，也不考虑对方的想法，只希望别人能了解自己的处境。"

我心不在焉地点了点头，继续坐在那个地方。水已经在不知不觉中变成温的，我感觉自己就快融化在这条路上了。

"请别坐视不管！请尽您的一份力量！"

我看到一个很像女儿、也许真是女儿的人挥着双手在招揽群众。漫天的晚霞，疲乏且悲凉的天光延伸至校门那侧。我领悟到如此美好的时光已经彻底远去，不再回头。我所伫立的位置，我所停留的时间，还有眼前的事物。透过这些，我得以回忆起如今再也不会回头、过于美好的瞬间。

曾经认为妈妈就等于全世界的孩子；像块海绵般将我所说的话完全吸收并且成长的孩子；只要我说好或不好，就会以我的标准去认定的孩子；会说自己做错了，随即折返到我期望的位置上的孩子……如今孩子已经从我身旁赶超，走得远远的了。即便我手持藤条，摆出再凶的表情也无济于事。女儿的世界已经离我太远，女儿再也不会回到我的怀抱里。

也许，这都是我的错。

我怎么样也无法挥去这种疑虑，而它很快就转变为自责。各种情感带着不同色彩和纹路，自动浮现而后下沉，为了看清楚它们，我一时丧失了言语。我一而再，再而三地抛下对女儿怀有的期待和野心，可能性与希望，然而剩下的那些却继续折磨着我。我究竟要变得多荒凉空洞，它们才肯放过我？

我站了起来。每当公交车停下来，就会有一群学生上上下下。我无法决定应该过街原路折返，还是搭上公交车，只能怔怔地伫立在斑马线前方。绿灯亮了，人来人往，红灯再次亮起。速度加快的车辆，一辆辆碾过我逐渐拉长的影子。在迈出步子走向公交车站牌时，我迅速捡起掉落地面的几张传单，但也只是将它们折小，再折小，就像日子过去一天又一天，然后放进了包里。

"啊，请张开嘴巴。张大一点，啊，啊——"

教授夫人正在用牙刷帮老翁清洁牙齿，可是老翁每次都把泡沫给吞下去。

"不对，要吐出来，怎么都听不懂我讲什么。我叫你吐出来，呸呸，像这样吐出来！"

最后教授夫人只能用单手强压住老翁的头，让他低下头来。老翁急促地咳嗽起来。我在脑海中斟酌要说的话，最后好不容易才开口问教授夫人，能不能分我一点消毒纱布和尿布。她抓着我的手，将我拉到病房的角落。

"还剩下两个礼拜，已经全用光了？那么多东西呢。"

我紧紧揾着教授夫人的手，然后松开来，将想说的话按捺住。我也晓得要怎么做才能将总是不够用，而且每这一天就变得更匮乏的那些物品变得刚好够用，但我仍无法那样做。

"不管我怎么节省，结果都一样。还能怎么办？

要是你有多的就分我一些吧。"

教授夫人似乎不相信我的话。我没有提起珍的臀部像是中枪似的出现黑色窟窿，也没提及那个窟窿每一天都在逐渐扩大，最后它会将珍的肉体全部吞噬。因为不管我说什么，教授夫人显然都会觉得事不关己。她一定会觉得那离自己很遥远，所以是别人家的事。这女人为何会如此愚蠢？无论是什么，为何都要等到事实明摆在眼前了，才愿意正眼看它？就像我的女儿和那孩子一样。

拿到三块尿布和半捆消毒纱布后，我换掉了珍臀部上那块湿透的尿布，病房内顿时尿骚味与恶臭弥漫。我拨开珍被泡得皱巴巴的皮肤，擦拭了腹股沟与肛门附近，发现褥疮变得更大了。

打开窗户走回来之后，有好一段时间我都让珍的裤子保持脱下的状态。

"痛吗？痒不痒？"

珍抓着床铺栏杆背对我躺着，没有任何反应。一定是因为皮肤溃烂的同时，知觉也在逐渐死去吧。病房外传来一阵骚动，一名老年痴呆症很严重的老人吵着说要回故乡，护士与护理员大声说话，挡住了他的去路。双方先是争执不下，接着一阵悲戚的歌声传了进来。一定是那个一辈子在全国到处漂泊、在街头卖艺唱歌的老人，虽然体型矮小，力气却大得惊人。他会用很和蔼可亲的态度，要求路过的每个人帮他化妆，只要上完妆，就会不管时间场合，放声高歌起来。每到这种时候，老人就不再是颓废无力等待死神的患者，而是回忆充实、充满才气、至今还能做些什么事的人。

"唱得真好。是谁唱的？"

珍喃喃低语，翻身转向我这一侧，又是一张把几个小时前厕所所发生的骚动忘得一干二净的脸。她的眼神和正低头看着皱巴巴传单的我碰个正着。霎时，我像个傻瓜般哽咽的模样全给她看光了。

珍什么都没说，只是伸出手，将放在枕边的纱布手帕递给我。父母会威胁子女，要他们去买农药，说要一起寻死。实际上也有先杀死子女再自我了断的父母。我想说的并不是"若非不得已，又怎么会做出这种选择呢"，只不过我正试着去揣摩那一刻填满他们内心的情感，那种难以抑制的、想彻底放弃一个人的心情。

"妈，我只是把不合理的事情说出来而已。把错误的事说出来，为什么是坏事？那是坏事吗？为什么？怎么个坏法？"

在午夜时分回家的女儿语气很激动。我正低头看放在桌上的传单，折叠的中间部分已经破了一半。外面雨势强劲，窗户关上后，家中的空气沉重而潮湿。

我尽可能降低音量："看来你很喜欢站在大太阳底下抛头露面是吧？三五成群搞小孩子的把戏，你觉得很骄傲吗？"

"你来过？什么时候？"女儿一脸诧异，耳下到脖颈附近还留有微微泛红的伤痕。

"咔嗒"，一定是那孩子连忙关上房间门的声音吧。我的脑内像是点起了一盏灯，忽明忽灭。

"我为了养你，把工作和一切都抛下了。因为不放心交给他人，所以我放弃了一样又一样，最后全部都抛下了。知道我是怎么拉扯你长大的吗？我把你当成我的全部。我的天啊，可是你怎能每件事都让我这么失望难过？如果不是存心如此，怎么做得出这种事？"

"我知道，我很清楚妈是怎么把我拉扯长大的，所以我才会这么用心生活，不是吗？我要怎么样才能活得更用心？"

"话说得真好听，"我觉得胸口喘不过气，大口做了一次深呼吸，才能继续说下去，"跑到外面惹事生非，有一大堆不满，每件事都怪罪到别人头上，这叫作用心生活？拜托你看一下别人是怎么生活的，可没有人像你这样。虽然这是个'只要我喜欢，有什么不可以'的时代，但你觉得这像话吗？每次我说这种话，你就会觉得和我有代沟，把我当成老古板吧？事情根本不是这样！你以为自己能年轻到什么时候？以为不管犯了什么错，随时都有大把时间纠正它吗？"

女儿的脸色变得很难看。

"大家说不行的事情一定是有原因的，为什么你偏要去嚷嚷这是错的？为什么这种事得由你来做？如果事情真的错了，自然会被纠正，为什么你要抢着去管跟自己一点关系都没有的事，把自己累得半死？突然就把没有固定工作也不知道在哪里干什么的人带回家　不然就是在外面跟人打架。不要说上课了，你还跑到校门口去当乞丐，白白虚度光阴。真不明白你为什么要浪费这么宝贵的人生。"

"一定要这样讲话吗？"

我打断女儿：

"你到底为什么要做这种事？是，你从小就喜欢出风头，就会想办法去做别人做不到、觉得困难的事。当时我就不应该每次都称赞你做得很好，当时我就应该打你，骂你。你看好了，现在和那时候不一样了。又不是一两岁的孩子了，做出这种有勇无谋的行为，还期待别人夸你做得很好吗？"

"你以为我想做这种事吗？"

"现在为时不晚，去找个不错的对象结婚生子吧。谁没有年少轻狂过？只要现在及时回头就好了。我是你妈，除了我，还有谁会对你说这种话？不管你怎么生活，别人都不会在乎，也不会关心你的。"

我感觉到无数毫不相干的记忆正在争先恐后地苏醒。为了转移注意力，我摸摸隐隐作痛的膝盖，捶了捶肩膀，珍的身影却越来越鲜明。我仿佛听见了急促喘气的呼吸声，嗅到了一股尿骚味和令人作呕的味道。

"我可是你的妈妈。年轻的岁月稍纵即逝，哪一天你蓦然回首，会发现自己已经四五十岁，很快就老去了。到时你还要一个人过日子吗？"

我没有提及珍的名字，只是用这种方式说出她的故事。在局促到令人窒息的孤独中老去的人，将年轻岁月浪费在他人、社会与那般宏图大志上，如今一切消耗殆尽，独自走入迟暮的凄凉可怜之人。

光是想象我的女儿会面临与她相同的处境，就让我几乎呼吸不过来。

"妈，这是我的事，不是别人的事，是迟早有一天会发生在我身上的事。还有，我现在又不是一个人。"

绝对错不了，女儿和我之间一定有一道隐形的巨墙，所以任凭我在这边声嘶力竭地喊叫，女儿都听不见。

很久之前，我也曾像这样和刚进大学的女儿大吵了一架。那是在她某一天突然宣布要去非洲的某个地方当义工之后。一心期待女儿能去当公务员或教师的我，虽然不是第一次期待落空，但我仍狠狠骂了女儿一顿。为什么偏偏要去那种危险的地方？为什么偏偏是现在？为什么偏偏是我女儿？我记得自己说过这些话。还记得女儿出发的那天早上，我拿了一些钱给她，劝她回来后要认真准备考试。女儿在暑假快结束时平安归来。接着，翌年春天搬出了家里，就这样过起我从未想象过、也没获得我允许的独立生活。

女儿搬出去的那天，我和丈夫在餐桌前面对面坐着，整整吃光了两碗饭。之后我开始呕吐，度过了腹痛难忍的一整晚。心灵的状态反应在身体上。如果我当女儿已经死了，就会感到无限失落；如果认为女儿还在某处活得好好的，就会感觉遭到了背叛。有时我还没认清那是什么情绪，那些思绪和心情早已砰砰地猛击身体各个部位，然后扬长而去。

"怎么不是一个人？你就是一个人。你有什么？有丈夫还是子女？朋友或同事迟早都会离你而去。真不知道你读那么多书，怎么还净说些不懂事的话。"

炙热的空气堵塞了喉咙，我开始干咳起来。

"为什么只有丈夫或子女才能成为家人？妈，小雨是我的家人，不是朋友。过去的七年，我们就像真正的家人。家人是什么？不就是待在你身边，给你力量的人吗？为什么有的可以是家人，有的就不能是家人？那些人不过是提出了这个问题而已，只是在上课时间说这些话罢了，可是学校却二话不说就把他们赶了出去，就像在赶苍蝇一样！"

女儿白皙的颈项上迸出了青筋，就像车子点着了火，逐渐发动一般。如果用一整夜聊这个话题，我们会达成什么样的共识？能找到双方都同意的某个妥协点吗？只要能找到，我似乎就能永远坚持下去。只要能找到，我就坚决不会放弃。

"妈，小雨不是我朋友。她是我的丈夫、妻子和子女，她就是我的家人。"

"她怎么会是你的丈夫、妻子和子女？你们可以做什么？可以结婚吗？还是可以生孩子？你们现在只是在过家家而已，没有人过了三十岁还在过家家的。"

雨丝敲打着薄薄的玻璃窗。

"妈难道不能接受我本来的样子吗？我又没要你谅解各种琐碎小事。你不是说世界上有各式各样的人吗？不是说每个人生活的方式都不同吗？不是说跟别人不一样，不代表是坏事吗？这不都是妈说过的话吗？为什么这些话在我身上就变成了例外！"

"你是我的女儿啊，是我的孩子啊。"

我开始想要就此放弃，只要可以的话。我想将女儿的人生远远丢到我的人生之外，远到我再也看不见。如此一来，我就能像对待毫不相干的人一般，说出支持、鼓励、为她加油的好话。

"妈，我们没有在过家家，才不是什么过家家好吗？"

"好啊，那你说说看，怎么不是在过家家？你们能成为一家人吗？怎样才办得到？你们能登记结婚吗？能生孩子吗？"

"妈难道没想过，就是妈这样的人在阻止我们，才让我们什么也做不了吗？"

"你以为家人有那么容易当吗？以为轻轻松松就能成为家人吗？你们知道什么是不得不尽的义务和责任吗？"

"妈，这些我和小雨都知道，我们非常了解要如何保护自己，所以才会努力去实现啊。"

"为什么要在这种无谓的事情上死缠烂打？拜托你清醒点。我到底应该怎么做？要跪下来求你吗？拜托你告诉我怎么做！"

只要能让女儿恢复正常，我什么都愿意做。不管那是什么，我都能办到。可是我却什么也不能做，什么也改变不了。

"妈，你看着我。性少数者、同性恋、蕾丝边，这些名词指的就是我。这就是我，大家都用这种方式叫我。所以不管是成家也好，上班也罢，他们让我什么事都做不了，但这是我的错吗？是吗？"

终究，女儿还是指着传单，说了我不想听到的话。某些话语迅速窜入我的体内，找到了自己的栖身之地。它们犹如厚实巨大的防波堤，一层又一层地堆砌，然后就待在那儿动也不动了。不会自己消化掉的话语，我消化不了的话语，我怎样也忘不掉的话语。

我像是一头被逼至墙角的野兽，反射性地闭上了眼睛。

雨，下了一整夜。

猛烈的风像是威胁般敲打窗户，接着瞬间从巷弄撤离，随后天空出现了一丝明亮细长的裂痕，曙光崭露。有人打开了房门，在厨房和厕所进出。我躺在床上，静静听着那些声音，冲向我的声音。这一切都在指责我吧，在讥笑我吧，说不定还会严厉斥责、处罚我呢。这种事究竟该和谁商量呢？如果丈夫还在世，我们是否能够并肩躺着，望着天花板对话，然后做出开明又合理的判断？不，拥有一颗玻璃心的丈夫说不定会杀了女儿，就像她没出生过一样，他会干脆当作一开始就没这个女儿。

天气放晴，清晨再度来临。女儿已经出门了。我在放有洗衣机的工具室角落挑选能用的布块——是许久前看护丈夫时使用的东西。有些放在高处的置物架上，手够不着。我还清楚记得，在某日寒冷刺骨的天气里，丈夫组装了置物架，钉上钉子，然后将它挂在墙面上的情景。

"要我帮您吗？"

是那孩子。我都还没回话，她就已经将餐桌椅拿过来，惊险地踩踏在椅子上，并将到处堆放的泡菜盒和不知道内容物的箱子逐一拿下来。在这段时间内，我只是一动也不动地站在门边。

"只要拿出毛巾就好了吗？其他东西呢？"那孩子将手伸到置物架深处，和我对上眼神。

我东看西看，不停打量凌乱不堪的工具室内部，最后总算说出了压抑许久的话，那些前后颠倒、乱无章法的话语。我放任盛怒的言语尽情宣泄，任由话语在憎恨、埋怨、恨意等情绪的烈火中恣意燃烧。她依然站在椅子上，将毛巾取出后，专注地将泡菜盒和箱子等物品放回原位。此刻，我真想把椅子弄倒，然后用暴力和蛮力把那孩子赶出我家。我想双手揪住她的头发，朝她的脸乱打一顿，让她再也不敢出现在我女儿面前，或是这个家的附近。不，我想杀死她，我希望这个给我带来无尽痛苦、悲伤和不幸的孩子能够永远消失。

一整天里，我对那孩子吐出的话语都如影随形。在我出门之后，直到搭着公交车抵达疗养院时，其中的某些话语犹如回力镖，仍然持续不断地飞回到我身上。心脏像是被揍了一拳、遭受了狠狠撞击般，不停颤抖着。

"哎呀，这是什么啊？"

那天晚上，值班的护士在洗衣室找到我。护士打开洗衣机盖一看，大呼小叫的。虽然她装作只是偶然，但肯定是教授夫人或某个人不小心说漏了嘴。

"是旧毛巾。我从家里带来的，因为尿布不够用。"

护士用装腔作势的语气转头对我说道：

"我知道您的意思，但不可以这样做，不能在这里洗个人物品。这样会浪费水和洗衣粉，对其他老人家也不公平。"

我说，珍的臀部上生了褥疮，像是坏掉的水果般完全溃烂，大到能放入一整个拳头，因此无法重复使用尿布。护士按下洗衣机的停止键，放掉水之后，将小小的窗户打开一半，接着画清界限道：

"虽然知道您的意思，但这里禁止将洗衣机用在个人用途上。这里的患者每个都有褥疮，而且其他护士看到了会不高兴。"

我好不容易压抑想追问"有什么好不高兴的"

的冲动，然后抱着还没清洗完毕的毛巾回到病房。

珍置身于黑暗之中，一双眼睛骨碌碌地转着，对我说：

"妈，外面下雨了吗？很冷吗？"

珍现在把我当成了自己的妈妈，出生之后第一个遇见的人。在她的世界里，只剩下妈妈是完整存在的吧。我将还未冲洗掉洗衣粉的滑溜溜的毛巾挂在窗边，摇了摇头。

"现在是夏天了，不会冷，也没有下雨，很热，会流汗。"

心头一阵烦躁。

"妈，你来这边。看这个。我叫你过来这边。"

我带着焦躁敏感的情绪抖了抖毛巾，将它们晾好，沉默着不发一语。珍移动身子，想离开床铺。我走近，强制她坐好。珍使出吃奶的力气，不断摆动的四肢宛如张牙舞爪的高粱秆，上面有偌大而鲜明的老人斑，它们像是某种预告，某种烙印，将珍逐渐包围。

"请您坐好，拜托您坐着。"

我忍无可忍，以近乎推倒的方式让珍躺下。珍抓着我的手臂硬撑着，但我感觉不到任何握力或意志。她在喃喃自语着什么，不知是哀求或是咒语，接着又戛然而止，口中发出粗哑急促的呼吸声。我看见珍的脸孔涨红，瞳孔放大，赶紧支起她的身子，拍了拍她的背部。

"所以我才要您乖乖别动啊，为什么要这样折磨别人？我也需要休息啊，我也快累死了，生不如死啊！为什么都要让我活得这么累？就跟事先约好了似的。"

珍的声音变得平静，反倒是我难以自抑地哭了起来。虽然我试着想停下来，却无法如愿。珍轻轻将手心放在我的背上。此时，一个等待死神来临的孱弱老太太抱着我，而我像个孩子般哭泣。

"对不起，是我不对，您老人家有什么错呢？"

当我这么说的时候，也许我注视的不是珍，而是她近在咫尺的死期。也许我是想借由这种方式来告诉自己，珍要比我不幸、可怜千百倍。过了很长一段时间，直到有人打电话来，我才停止哭泣，顺了顺呼吸。

珍将手机递给我，是女儿打来的，我的心脏顿时怦怦跳个不停。

"妈。"

在走廊通完电话回来，珍一脸恐惧地呼唤我。

我的脚踝酸痛，腰部和背脊也很疼，只要稍微移动一下，全身的关节就像错位般疼痛不已。不，也许是我朝女儿吐出的话语尖锐地划破了我的胸口，在体内胡乱扒抓，留下了热烫的抓痕。

我在床铺旁坐下，珍将我的手拉过去，放了某样东西。是我先前晾好的几条毛巾。

"妈，外头有蛇，蛇来了，你用这个把它们赶走。"

珍的双眸在黑暗中散发光芒。她又神志不清了吧。但我只是接下毛巾，走向窗边，挥了两下假装赶走蛇，并再次将毛巾晾好。

"在那边吧？有蛇，对吧？"

珍再度起身想靠过来，我用严厉的口吻说这里有很多蛇来吓唬她。凄凉感瞬间沿着脑门流向全身。该怎么称呼这种感觉呢？它正对人生虎视眈眈的事实令人愕然。为什么都没人事先告诉我呢？人生中怎样也不想碰见的那些样貌，当它们从这巷弄撤退离去，转过那个拐弯处后，又会精准地在那一刻忽然现身。不管在何时，不管在何处，它们都会成群蛰伏窜动。

"快滚开，滚得远远的。去，去。"我将头伸出窗外，抬高嗓门。

如果能用这种简单方便的方法驱赶走什么就好了。这样我就能成为每个人眼中的好人，不需要和谁硬碰硬，说些不中听的话，一次又一次地测试自己的底线在哪里。我一面驱赶着不存在的——又也许真的在窗外暗处蠕动的蛇，一面咬紧牙关。

第二天一早，权科长叫我过去。

"李济熙老太太啊，因为最近症状也恶化了，似乎和其他老年痴呆症患者待在一起会比较好。我打算将她移到四楼病房。这样女士您工作也能轻松一点，毕竟您也上了年纪。"这时，一个身穿西装的男子敲了门，探头进来。

"我想参观一下这里，可以吗？"

"当然了，请稍等。"

看来是新入院患者的家人。权科长把护士长找来，请她帮忙带路，之后便关门回到自己座位上。我说，老年痴呆的症状越严重，熟悉的环境更能带来帮助。虽然为了取得证书，我只听了几星期的课程，不过这点知识我还是懂的。这个人会不会认为，我就像其他为数众多的护士、看护一样，只是为了打发时间或赚钱才做这份工作？但我从来都没有带着那种想法工作过。哪怕是婚前在学校教导孩子，生下女儿之后在辅导班工作，或是在刮墙面、驾驶幼儿园校车、当保险推销员和在机构餐厅做饭时，我都不曾忘记我的工作是什么。

"是的，我明白。我能明白女士您的想法。不过她一位老人家使用那么大的病房，不也是一种损失吗？秘书长对此颇有意见，原本赤字的情况也很严重。总之，冬天来临之前那间病房会重新进行装修。"

没有人不知道四楼病房的老人受到了什么样的待遇，他们领着国家的补助金，而且全是重度老年痴呆症患者。每一天，患者都会想尽各种办法逃出去（护士也许会说那只是老年痴呆症的一般症状）。为了防止这种事发生而上了两三道锁的病房，如何成为治疗病人、给予他们慰藉的地方？

我坐在沙发的前端，嘴巴继续叨念着，但说出的不是什么符合逻辑的话，只是想到什么就说什么。说话时我想着女儿，想着女儿说过的话，还想到导致她说出那番话的那个孩子，想着太阳西沉后发着抖大叫"蛇出现了"的珍，此时则想着死去的丈夫。

就像在玩打地鼠游戏一样，想法一下子从这儿跳出来，又一下子从那儿蹦出来。不管我如何用玩具锤敲打，它们都不会消失不见。这些数量可观的记忆在这副狭窄的身躯内层层堆砌，并且造就了现在的我，而我总是必须一而再，再而三地确认这件事。

"女士，您将患者照料妥当是很好，但如果老是花这么多心思的话，这份工作很难做得长久。您会继续做下去吧？可是心肠这么软怎么行呢？我们看着您的时候，也会感到很难受的。今天就早点下班吧，您这几天不是都睡在这里吗？回家休息一会儿，也吃点好的。"

权科长站起身，替我打开门，顺势将还有话要说的我赶出门外。一回到病房，就看到珍一脸天真烂漫地喝着养乐多。我在她身旁坐了一会儿。这是个宁静的午后，没有发生任何骚动或意外，不过只要闭上眼睛，仿佛就会有什么朝我排山倒海而来。我在不知不觉中碰触了一片极小的木片，接着真切地感受到，在它倒下之后，矗立在它后头的庞然巨物也依次倒下，犹如浪涛般一波又一波袭来。

我连着好几天没回来，家中却没人。滴答，指针走过，豢养了寂寥与静谧。从不停歇，只会埋头前进再前进的时间，究竟又在召唤什么呢？是什么正踩着滴答的步伐靠近？

　　我脱下鞋子，一屁股坐在玄关前，待了一会儿。女儿和那孩子出门之后，这个家还能回到原来的样子吗？不，如今回不去了。

　　我打开收音机，将家中的窗户全打开，终日烧得火红的太阳把光射进了客厅深处。我走进浴室，在大脸盆内装满水，接着倒入清洁剂，挤出泡沫，弄湿百洁布，刷洗了洗手台。我刷了马桶，也除去了浴室地板的水垢，呛辣的气味和清新香气同时冲上来。

　　我在女儿和那孩子的房间来来回回，将棉被晾在窗台上，把枕套和毛巾放在一起煮沸。除去天然气灶周围的污渍，擦拭料理台的把手，拭去餐桌和餐椅的灰尘。那孩子的房间依旧是老样子——堆在墙边的书，横摆的行李箱，摆放在抽屉上拇指大小的公仔和紧紧塞着小小衣架的衣物。那孩子是将我近乎哀求她搬出去的话给忘了吗？听到那种话之后，为什么还不打包行李走人？听到那种话之后，依然不为所动吗？是因为没地方可去吗？到了明天或后天，她就会自行走出去吗？

女儿打电话给我，问我是不是真的对那孩子说了那样的话。我在她的嗓音里感受不到任何情绪。很难揣测她究竟是在按捺怒气，还是没力气发火。电话的那头有人大叫，音乐声响起，接着是一阵掌声雷动。这代表至少女儿所在之处不是图书馆或教室等需要注意言行举止的场所。

"如果想要随心所欲的生活，那就搬出去住吧。"

真不晓得这句话我对女儿说过多少次了。电话那头的女儿沉默不语。还以为女儿会埋怨或责怪我，甚至气愤地口出恶言，但也许她现在打定主意要保持缄默了。她一定是发现有时沉默会成为更强大可怕的武器吧。

打扫完毕，晚餐时间到了。邻居家平淡无奇、零星琐碎的日常生活从敞开的窗户袅袅飘入。浓醇香甜的味道，重叠后分开的嗓音，某种氛围与情绪沿着窗边轻柔徘徊。接着是大门开启又悄悄关上的声音。大概是那孩子回来了。

"原来您在家呀。晚餐还没吃吧？我做了一些三明治，请尝尝看。"

她换好衣服出来洗了手，切好三明治拿了过来。薄薄的吐司之间夹满了色彩鲜艳的蔬菜和白色的肉片。我别无他法，从厨房端来两杯牛奶。

"我不太能喝牛奶，喝了会肚子痛。"

我们两人相对坐着吃起面包，像是把几天前的事情忘得一干二净似的。嘴巴内不断发出高丽菜被咬碎的沙沙声，以及干面包被嚼烂的声音。但因为有酸辣椒和辛辣香料，这些食物我吞不太下去。不，说不定是因为这是她亲手做的，抑或是因为如此面对面坐着令人浑身不自在。最后，我将剩余的面包放下，说出了忍耐多时的话。

"有去找住处了吗？"

她只是静静咀嚼面包。我说起女儿借走自己无法偿还的押金的事，但很明确地表示这件事与我无关。为的是告诉她，不管怎么样，这里是我家，看到你们两个一起生活，让我感到很痛苦。

"您也知道，我已经事先给了您四个月的房租，还有生活费也按您的要求给了。"

她抬起头，和我短暂地四目相接，嘴里仍然传出咀嚼高丽菜的沙沙声。

"您这么突然要我搬出去，我也不知道该如何是好，说真的我也无处可去。"

她放下了面包，静静地擦拭嘴角，接着触碰牛奶杯表面凝结的水珠。

"我希望您能告诉我，哪一点令您感到不舒服。"

我喝了口牛奶，因为有股腥味，顿时吐了出来。我直接吐在牛奶杯内，也许是为了借此来吸引她的注意，以及想尽办法避免被夺走对话的主导权。

"喂。"

过了很久之后我才开口，说这是我家，和女儿一点关系也没有，还有我对于正值适婚年龄的女儿不谈恋爱也不结婚感到很心碎。话语已经超过了某个水位，在即将满溢出来的边缘惊险浮动。但我无法小心刻意地拣选要说的话，因为只要我稍有犹豫，那孩子的口中就会冒出我不想听见的话，而我想避免在最后听到那些。

"即便是现在，我也希望我家女儿能够和合适的对象交往结婚。那些不如我女儿的人都能结婚，无忧无虑地主活了，都能生儿育女，组织家庭，快快乐乐地生活了，可是我的女儿为什么要在又脏又热的路边白费力气，浪费时间？知道我看到之后作何感想吗？你站在我的立场，站在父母的立场上想想看啊。"

"您好像不清楚小绿想要怎样过活。小绿曾经说过，说妈妈总是不愿意听自己说话。您总得听她说一次吧？小绿不也有她想要过的人生吗？"

"我到底还要听你说多久"这句话已经涌上了喉头，"光是目睹你们两个住在我家，就已经让我觉得够可怕了"也差点就脱口而出。漆黑的夜里，你们两个并肩躺着时在做什么？丈夫和我给予对方的欢愉，你们也能模仿得来吗？就像你父母生下你，就像我们夫妻俩生下女儿一样，你们也能拥有刚好各像彼此一半的子女吗？终究我得亲口说出这种赤裸裸的话来，将她逼到墙角，让她无地自容，她才肯闭上嘴，才会对我所说的话点头称是，祈求我的原谅，承认一定是有什么搞错了。

"喂，我女儿可不是那种人。我很清楚，我非常了解我女儿。"

"父母都是这样想的吧？可是我们超过三十岁了，也不是孩子了。"

最终我大手一挥，弄倒了杯子。白色的牛奶弄湿了餐桌，滴滴答答流向地面。

她连忙站起来。那个瞬间，我完全失控了。

"我话还没说完，坐下，坐下听我说！"

她坐下之后，我继续说：

"那你倒是说说看，不管到哪里都不会让我丢脸的女儿，为何要在职场上遭受那种待遇？现在还要每天在路上被人指指点点？如果你这么聪明，就说说看我女儿为什么要遭受那种待遇。问我哪里感到不舒服？你怎么敢说出这种话？怎能问这么愚蠢的问题？你们是认为我有多可笑？是觉得我年纪大了，所以一无所知，可以不把我放在眼里吗？"我不由分说地说了一大串，那孩子却放任我大吼大叫，到厨房拿了抹布过来。接着，她一边冷静地擦拭倾倒的牛奶，一边问我：

"您认为是我让小绿变得不幸吗？认为是我毁了她吗？"

"这是当然，是你让我的女儿变得不幸。就因为你，不管我女儿还是我，都变得悲惨不幸。"虽然我狠狠咬紧了牙关，眼角却不由自主地抽搐。

她将倒下的杯子立好，说："如果小绿不认为自己不幸呢？每个人不是都有各自想要的人生吗？"

"想要的人生？你爸妈知道你是这样过日子的吗？到底哪种父母会接受这种状况？你以为人生只关乎自己一个人吗？那种人生根本不存在。"

"我父母刚开始也很痛苦，特别是我父亲。"

我挥了挥手，表示我不需要再听下去，与她划清界限。

"如果可以，我想说说我的故事。"

我果断地摇了摇头，接着用近乎哀求的口气拜托她，让我的女儿过上平凡正常的生活，要她离开，要她放手，让我独一无二的女儿能够不受到这世界的关注，自然而平凡地活下去。

"希望您能想一下，小绿站上街头的原因。"

过了很久，她用斩钉截铁的口吻这样说道，并且说负担女儿房租和生活费的人是她，已经超过两年了。

"您认为我做这件事时是毫无想法与信心的吗？认为我能为毫不相干的人做这些？赚钱对我来说也是件苦差事，偶尔我也会痛苦得想死。即便这样，您依然认为我没有资格吗？"

我很想说，不管那金额有多少，我都会还给你；不管耗费多长的时间，我一定会还给你。但我终究没说出口。

她问："如果我是您的子女，您会对我说什么呢？"

她又问："我们已经交往七年了。您知道七年有多长吗？为什么您依旧认为我和小绿什么关系也没有呢？您不觉得有些过分了吗？"

我清理了放有剩余面包的碟子和两个杯子，径自走回房间。

隔天一大早出门时，电话响了。是派遣我到疗养院的劳务派遣公司负责人。那个女人在大学附属医院担任了二十年护士长，虽然口吻听起来很公式化，却微妙地能让人畏惧退缩。

"女士，您知道我是特别介绍了离家近而且待遇又不错的工作给您吧？"

我说我知道，同时加快了脚步，因为今天上午之前要将珍移到四楼。我不知道应该再劝一下权科长好，还是该向珍道别，内心焦急万分。

"您明知如此，为何还这样呢？明明您很清楚疗养院的处境。权科长似乎很不高兴的样子。"

走出巷子时，看到区间车[1]正要出发。说时迟那时快，我的身体侧向一边，脚踝拐了一下，刺痛的感觉令我头皮发麻。负责人却仍在电话那头嚷嚷：

---

1 城市公交中，为满足乘客乘车需求，一条公交线路中，只运行整条线路中部分路段的车辆。

"对于那些来日不多的人，女士您又能做什么呢？虽然很让人痛心，但这世上的事不就是如此吗？又能奈它何？"

什么世上的事？只要与自己无关的事，都称为世上的事，所以只要清到自己看不见的地方就好了，这种想法令我很不痛快。那女人一定到哪儿都是那一套台词吧？在子女面前也经常挂在嘴上说吧？那么，那些子女也会照本宣科般地告诉他们的子女吧？如此一来，被称为世上的事且被拒而远之的东西就会越来越多，最后就会出现单凭一两个人绝对无法改变的庞然大物吧？

"她又不是重度老年痴呆患者，没有必要换病房。我只是这么一说而已，有什么好不高兴的？"我一屁股坐在别人家大门前，边揉脚踝边自言自语。

踝关节附近好像肿起来了。大门内侧传出了汪汪的叫声，一只身形庞大的狗跑来，冲着门缝狂吠。我赶紧站了起来，一拐一拐前行。每走一步，就好像有什么即将倾泻而出，波浪不断涌现晃动。怒火、憎恨、惆怅、无情和委屈，在被胡乱揉成一团的情感之中，女儿和那孩子，那令人不快的家中风景活了过来。

"女士，既然权科长不高兴的话，我们也无可奈何，况且也很难再替您找到条件类似的工作了。请您什么话都别说，按照吩咐去做，知道了吧？"

不管是什么，只要把敏锐察觉到的事实说出来，就会令大家感到不高兴。我在这个对一切装聋作哑、以保持缄默为礼仪的国家出生、成长，也这么老去。事到如今，我又何必对此感到讶异？既然都一声不吭地听命行事大半辈子了，此时经历的事又有什么好在乎计较的？

珍躺在床上，手脚都被绑在栏杆上，身子翻来覆去，口中发出闷哼呻吟。有个身材魁梧的男人站在她的身旁接电话，腰间的无线电传出了杂声，报告救护车此时经过了哪个区段。他举起手，阻止我接近，然后指着珍，说她即将转到其他机构去。

"妈？你来了？帮我解开，脚，这里好痛，我好痛。"

珍以近乎扭曲的姿势看着我。我追问到底发生了什么事，男人没有回答，而是到病房外呼唤护士。护士长飞奔过来，走廊上来往的患者和护士都停下脚步，一脸好奇。

"不是，怎么可以这样呢？昨天只说要换病房，怎么才过了一晚，今天就直接送到其他医院了？即便老人家神志不清了，又是孤家寡人，但这样做真的不对。"

想也知道，这个在一天之内挑出来的机构会是什么样子，一定是整天让患者吃安眠药，让他们用剩余的人生等待死亡的地方吧？我越讲越大声，护士长则抓住我的手臂，小声叫我别在这里闹事。她的声音中明显透露出烦躁与不悦。

"权科长在里面吗？我来跟他说。"

"他不在，出外勤去了。"

又有一位护士来了。这时，男人将围观的人群驱离。老人吓得往后倒退，护理员则轻声安抚他们，领他们回到了各自的病房。

"哎哟，干吗这样？你过来，过来一下。"

过了很久，教授夫人才在走廊现身，拦下我。她先是安抚护士长，接着把我往紧急逃生出口的方向抓。

"又不是一天两天的事了，你干吗突然这样呢？那老人家是你的家人还是谁？难道你背着我继承了什么遗产？何必为了非亲非故的老人家换医院惹出事端呢？"

128

始于脚踝的疼痛扩散到整个腿部，腰部很痛，指尖也有些发麻。我坐在阶梯一隅，压了压不停抽动的眼角。

"哎呀，你是怎么了嘛。"

我摇了摇头。我该如何说明，为什么我会把那个四肢遭到捆绑、不知会被送去哪儿的女人看成是自己？该如何诉说那种活生生的预感？该怪那个无依无靠的女人吗？抱着此种想法的我，难道已经无法对女儿怀有任何期待，彻底死心了吗？也许不管是我还是女儿，都会像那女人一样，被塞进比漫长更漫长的人生尽头，接受等待死亡这一惩罚。也许我只是想尽一切办法来避免沦落到这种下场。

为什么我总要提心吊胆地踮起脚尖，面向恐惧袭来的那侧伫立呢？

到了我这年纪，还有人活得像二三十岁一样，好像能自行决定自己该何时退场，能让时间与自己站在同一阵线，他们具有那种资格。仔细想想，也许我凡事的做派都太像个老人了。我被自己早已年迈体衰这个想法束缚住，严格区分能做与不能做的事，逐一删除某些可能性，把日常打造成一条平坦笔直的道路。我将苍郁生长的事物全都除去，努力注视着变得平坦的人生，以及从那一头逐渐走近的死亡。我对自己洗脑，如今我已不再是能够重新开始，去迎战奋斗，去取得胜利的人，维持着乏味却安稳，无力却沉静的日常。

"但也不该这样啊。大家不都心知肚明吗？怎么能这样？"

说完这话后我站了起来，瞬间全部体重集中在单侧的脚踝上。我抓着栏杆稍微坐了一下，再次小心翼翼支撑起身子。

"别看她现在这个样子，想想她这辈子有多用心地在生活。刚来到这里时，有多少人跑来，要我们好好照顾她。神志清醒时，又对你说了多少好听的话。可是现在，天啊，竟然要把人家送走，像是塞进什么垃圾桶似的。我们又和她有何不同？你以为我们不会是躺在那张床上的人吗？当真不会吗？清醒点吧，拜托。"

也许，我在说这些话时，内心想到的不是珍，而是自己。也许，我想的不是自己，而是女儿。也就是说，这不是世上的事，是我的事，是已经来到我眼前的事。我对于这种话依然存于我体内的某处感到惊讶，对于它居然没有继续潜藏在内心深处，直到我死都默不作声，反倒在我活着的时候化为言语说了出来——我感到难以置信的惊讶。

窗外的夕阳西沉了。

我用舌头去舔舐嘴里冒出的水泡，它变得越来越大了。现在很难把东西吞咽下去，一整天我只喝了几杯温水。只要一张开嘴，空虚饥饿的躁气就从空无一物的胃肠攀升上来。眼前的景物飞快打转，嗡嗡声在脑袋里响起。我啪啪地拍了拍酸疼的膝盖，按摩神经抽痛的肩膀，暗暗提醒自己：

我得打起精神，好好打起精神。

也许在我向权科长大声嚷嚷，列举说明不能将珍转移到其他机构的原因，为了此事我会采取何种举动的那一刻，我害怕的是往后会为自己犯下的错后悔莫及。其实那一刻极为短暂，可是这里的人却从未试着想过，在那转瞬之间，必须面对多大的恐惧，带着多么深刻的觉悟，所以大家才会像是约定好似的，对我表现出某种相似的敌意与讪笑。

"是的，我能感同身受，站在女士您的立场上确实会这么想，但我们不是这个意思。如果转到老年痴呆症专科医院，她不就能获得比现在更完善的治疗吗？总之我明白了，暂时会交由我们来照顾，这件事下回再说吧。"

权科长反倒顺从地赞同我的话，不知道究竟在搞什么名堂。像只老狐狸般老练的他，正在打什么如意算盘？

珍的手腕上留有捆绑的痕迹，但因为皮肤暗沉松垮且斑点遍布，伤痕不是很明显。但看不见的地方还有更多。我轻轻将珍骨瘦如柴的手臂放进棉被里。

"妈，有找到我的钱吗？"

本以为珍已经熟睡，她却猛然张开眼睛，悄声问我，见我没有回应，于是加大了音量。她一定又脑袋不清楚了。此时，想到我为了这个对一切一无所知的老女人所做的事，不免感到无谓又心寒。

但我将这种想法甩到一旁，举起手臂捶了捶另一边的肩膀说："嗯，找到了，我放在这个抽屉里。"

"是吗？在哪儿找到的？"珍压低声音窃窃私语。

"不是有一个画画的爷爷吗？大吼大叫的爷爷。"

"我就知道，怎么不骂他一顿？"

"当然骂啦，教训过他了。"

"真的找到了？给我看看，在哪里？"

我拿出置物柜中用丝巾卷起来的包袱，奖状、感谢状、报纸、卫生纸、罐头和玻璃瓶等全混在一块。

"您看，因为我怕又有人拿走，所以偷偷放在这里面了，没有人知道。"

珍满意地点点头，抿起嘴羞涩地笑了。可是只要一转过头，她肯定又会将我们的对话忘得一干二净，再次反复问我相同的问题。这女人究竟为什么要那般浪费珍贵的年轻岁月呢？她把时间、热情和金钱都耗在与自己八竿子打不着的事情上了吗？

晚上离开医院时，那孩子打了电话给我。虽然我们不曾打电话给彼此，也不曾通过电话，但许久前就储存在手机的号码此时出现在屏幕上。成天粗枝大叶的教授夫人仿佛逮到了大好机会，我赶紧敷衍地打了声招呼，然后加快脚步走远了。

"您怎么不接电话呢？"年轻的新婚太太问我。

在我支支吾吾之际，电话铃声停了。

我不知所措地低头看着手机，然后问道："你有几个孩子？"

"我有两个孩子，一男一女。"

因为工作繁重，新婚太太的脸都水肿了，头发像是没洗过般粘腻泛油光，手提包的提手也仿佛即将断裂般飘动着。她像是想起了什么，打开手提包，拿出衣物柔顺剂喷洒全身，顿时我的鼻腔内充满了廉价芳香剂的味道，但很快就消散了。

"因为孩子们总是说我身上有味道。"

"小学生？"

"一个是小学生，一个还在读幼儿园。"

"嗯，刚好是需要费心照顾的时候。"

每当车辆往来于窄巷时，我俩就必须紧贴在建筑物那侧，脚下时时踩到随地乱丢的垃圾。我忐忑不安地紧握手机。

"今天白天，您为什么那样做呢？"在我们走出巷子时，新婚太太问道。在我还没想到适当回答时，她又说了句："不过呀，听到您说的话之后，我觉得痛快多了。那些都是因为忙于生计而被遗忘的事，但其实说得都没错。"

我正想提起珍，提起她过往特别又精采的年轻岁月时，新婚太太却又自言自语道：

"其实我妈也住在疗养院，我每次都想着下周、再下周要去探望她，但总是分身乏术。如果这个月再没去，就四个月了。可是，不管子女有没有来探望，收了人家的钱，就该照顾好吧？这与老人家年轻时活得是否精彩无关，收了多少钱，就该对等地照顾好。理所应当的事，就是不去做，真不知道是为什么，一群丧良心的东西。"

和新婚太太告别后，我再次低头看了一眼手机，发现那孩子又打来了电话。我一接起电话，她的声音立刻窜了出来。

"您在哪儿？现在方便来这边吗？"

开始下雨了。

雨势越来越大。学校大门口站了一群人，其中还包括了警察。我试着靠近，但被人潮挡住，看不到大门口和前面的人。我远远看到有个人拿着麦克风正在说话，可说话声很快就被周围的噪音淹没。

我的女儿就站在那里的某处。那是她曾在艳阳高照之下大喊、分发宣传、想办法吸引大家目光的位置。我从没想象过，女儿会站在与学校针锋相对的位置上。

因为现在是晚上，所以很难知道女儿会在哪里，但大概是在前面的某处吧。我带着这种想法，试着一点一点往前走。我用力推挤眼前这道坚不可摧的人墙，并命试图找出一点缝隙，但大家挤得像罐头里的沙丁鱼般，似乎没人想让出位置给我。每次抬起头，就会有刺眼的光芒令我睁不开眼睛，不晓得是汽车的车头灯，警方打开的探照灯，还是这些人设置的照明灯。光线照在撑开的透明伞和雨衣上，反射到四面八方。

我揩了揩强光照射下流泪的眼角，嘟囔道：

"抱歉，让开一下，请让一让。"

但我的声音消失在街头噪音和大家的呐喊声之中。

"解雇没有资格的讲师！"

某人率先大喊，接着我周围的人也跟着高喊："解雇！解雇！"人们摩肩擦踵，一面向空中挥动拳头，一面前进。他们的呼吸变得急促而粗糙，我能感受到他们龇牙咧嘴，犹如蓄势待发的猛兽，一触即发的紧张感催赶着他们。

我艰难地移动身体，将手放进手提包内。

"哎哟，到底是在哪里啊？"

我取出手机，打给那孩子。听到她声音的同时，一个穿着长靴的大脚朝我的脚踩下去。我的身体摇晃了一下，手机也顺势掉到地上。我赶紧弯腰伸手去捡，但周围尽是一双双长靴，没看到手机的踪影。

"神圣的大学里怎么可以有同性恋！"

凶狠的话语惹来更多附和。结实的肩膀和粗壮的手臂像是威胁般不时撞击我的身体，而我也在不知不觉中被一群身穿雨衣、高个子的人包围。

"小绿说她受了点伤，我担心有意外，现在也正要赶过去。"

那孩子这么说的时候，我就应该问得更具体些，将事情的来龙去脉打听清楚才对。

微弱的警笛声响起，绚烂的红色警示灯出现在眼前，所有人一下子往后退，导致几个人摔倒在地上。我绷紧神经，避免踩到跌倒的那些人，同时又卯足全力寻找手机的下落。

大家朝着对面扯开嗓门，粗口迫不及待地倾闸而出，毫无秩序章法的话语在空中交会，很快就变成一团巨大的噪音。每个人都被万分惊险、威胁与恐吓的情绪包围着，但他们似乎并不知道自己在说什么，那些话代表何种意义，他们此时又置身于何种情绪之中，只是被不可名状的愤怒席卷。

就连不知道究竟自己站在哪里、应该站在哪里的我也不例外。

雨柱打在我的头顶，弄湿了发丝，流向脸庞、颈项与肩膀，而鞋子内部早就彻底湿透了。我移动吧嗒作响的鞋子，努力想要脱离这个地方，但是四面八方都被挡住去路，单凭我的力量根本无法脱身。

　　大家高声呼喊，突然同时改变方向。紧接着校门那侧传来惨叫声、玻璃窗破裂声，以及乒乒乓乓不知在敲打什么的声音。灯光紊乱地摇曳着。我稳住自己想就此打退堂鼓的思绪，试着迈出一步又一步。雨柱越来越猛烈，我抬头望向空中，漫天都是凝聚绚烂光芒的水滴。

　　我不曾在脑海中想象过，也不想看到的场面逐一从面前闪过，而女儿就在那儿，蜷曲着身子害怕得发抖。她被人群包围，身处水深火热之中，不知道下一刻会面临什么。

　　她就置身于敌意与嫌恶、蔑视与暴力、愤怒与无情的中央。

　　蜷伏在内心最阴暗的角落，瞪大眼睛躲藏在底层深处的情感，正屏气凝神并伺机而动，而此时此刻，那些耀眼的光芒似乎逐一唤醒了它们。

　　后方响起警笛声，人群缓慢往后退，救护车出现了。

　　我紧跟在那辆车的车尾，好不容易往前进了一些。我听见有人在呼唤某人的声音，女孩子尖锐纤细的哭喊声也愈发清晰，可是那些声音依旧离我很远。不知不觉中，我又再次被困在巨大长靴的丛林之中。"让开……放上去……关上……"的喊叫声如涟漪般从救护车停车处一波波传过来。是谁受伤了？伤势严重到需要叫救护车来？会是女儿吗？我的心脏开始狂跳个不停，感觉热乎乎的血液正沿着颈项冲上脑袋，身体冷得直打战，双颊却滚烫得仿佛要炸开夹似的。我觉得自己下一刻就要尿出来了，于是像只热锅上的蚂蚁哀苦呻吟，紧抓着旁人的手臂。

"抱歉，请帮帮我，请带我到那边。"

原本低垂着头，像是会静静倾听我说话的人纷纷甩开我的手，四处闪避。

"这位太太，您不能待在这里，请从那边出去吧。"一位年轻男人提醒我。

一声震天响的喇叭声介入一片警笛声之中，我反射性地抓住他的背包提手。

"抱歉，请让我出去，带我到那边，有救护车的地方。我尿急，快要憋不住了。你知道厕所在哪里吗？拜托，请帮帮我，让我从这里出去。"

男人满是尴尬的侧脸看着我。我擦拭着眼角，不停眨眼睛。因为受到强光照射，眼睛睁不太开，什么也看不到。

男人对站在身旁的人说了句话，然后开始用力推开人群。

"请抓住这里，要跟好。"

我巴不得能一屁股坐下来，不管是哪儿都好，我想要舒服地躺下，做个深呼吸，让激动的心情平复下来。我想离这个地方远远的，像是看电视新闻般事不关己地说：

"天啊，居然发生了这种事。"

但这越来越不可能实现了，我和将我团团围住的那些人仿佛自成一个世界，而我逐渐被逼到中间去，只能无可奈何地站到中心。

好，就看一看你打算怎么做吧。

也许此刻所有人都瞪大了眼睛注视我，并朝着一心想尽快逃离此处的我做出"就知道会是这样"的表情。

在熄灯关店的小餐厅前面，我总算取得老板的同意，进入厕所。我打开紧挨厨房的小木门，一进去就看到小洗手台和马桶。因为裤子湿透了，很难脱下来，等我终于褪下裤子，一坐在马桶上，忍耐多时的尿意瞬间泄洪般得到释放。刚开始排得很顺畅，但很快就变成滴滴答答的，接着肚子中的气体也排了出来，但我一点都不害臊地开始自言自语：

"我的天啊，怎么会发生这种事？"

热气用力挠抓颈项，并往脸上攀爬。太阳穴不停抽搐，脑袋也仿佛随时都会炸裂开来。我无法控制身体，无法控制我的想法，如今剩下的一切皆不受我控制。

"您没事吧？"

我一走出餐厅，怔怔站着的男人便走了过来。我真希望这一刻他不要问我有没有事这样的问题。那句话对此刻的我是个充满诱惑力的诱饵，只要一抛出，我内心的某些话语，好不容易才抓牢的某种情感，仿佛马上就能被钩上来。当下的我，就是如此脆弱。我感到一阵发冷，犹如一头淋雨的野兽般全身瑟瑟发抖。

"您不是来参加示威的吧？雨势这么大，您也没带伞，全身都湿了。"

"能跟你借个手机吗？我必须打通电话。"

我觉得反胃头晕，感觉一低下头就会呕吐出来。我接过手机，却想不起女儿的电话号码，因为我总是按下快捷键打给她。原来我连女儿的电话号码都不知道啊，原来我连电话也没办法打给她。除此之外，我不知道的事情到底还有多少？我站在雨中唉声叹气，手上不停摸着手机。

"这是怎么了？我的天啊，真、真不知道这是怎么一回事。我、我第一次看到这种景象。有、有人受伤了吧？你知道吗？发生了什、什么事？"

眼眶盈满一股温热感，但很快和雨水混杂在一起。男人犹豫了一下，然后才开口。他思量着要如何拣选用词，以及怎么组成句子，很显然是为了让年事已高的我能够马上就听懂。可是他的口中最后吐出了那些无法被替换、无法被简化的词语——失职教师、同性恋、德不配位、女同性恋、不正常……那些话语猛地打开我内心深锁的大门，费尽千辛万苦才克制住的情感霎时溃堤。

和女儿相同的人站在正中央，就像分了组般，现场有支持者，反对者，以及为劝阻他们出动的警察和教职人员。我先前究竟站在哪里？站了多久？这个男人站的地方又是哪里？可是我无法开口询问这些。

我双腿突然发软，瘫坐在地上。

"您不能坐在这里，请起来。"男人的双手抓住我的腋下，连忙将我搀扶起来。

膝盖断裂般刺痛，两群人却怎么样也不肯让步。我弄丢了手机，偏偏又不知道女儿的电话号码，于是变得语无伦次、手足无措。最后，我放任自己继续流泪，好一段时间里都不再试着自我控制。

大雨下个不停，学校大门的方向，远远爆出呐喊声。

隔天我没有到疗养院上班，而是去了女儿所在的医院。天气彻底放晴了，虽然依旧闷热，但能感觉到夏天最炎热的时节已经过去，如今已慢慢挨近秋天。

　　"您来了？一定吓坏了吧？"

　　我一走进医院大厅，马上就有人过来向我打招呼。

　　"先前不是在府上见过吗？我们在那里熬夜的时候。您还记得吧？"

　　我反射性地握着那人的手，点点头。因为喉咙发炎了，发不出声音，每次吞下唾液时，就像吞下一根尖锐的针。我哭丧着脸说着女儿的名字，此时又有一个人走了过来。他们不知低声说了什么，面孔宛如蒙着雾气，五官变得模糊。突然有人握住我颤抖的手，并温柔地搂住我的肩膀。

　　"请别担心，小绿伤势不严重。她去重症监护室一趟，马上就会过来。"

那个声音安抚着我，却掩饰不了语气中的不安、紧张、恐惧与忧虑。

"怎么会在重症监护室？"我一开口，声音分岔而沙哑。

"小绿没事，但允智伤势很严重，还有小景也是。不是有一位做老师的吗？另一位则是在研究室工作。您应该没印象了吧？"

感觉好像有人将我高举在空中，不停打转。我和他们互相搀扶，将重量托付在彼此身上走着，身穿病人服的患者和推轮椅的人偶尔会将目光瞥向我们。最后总算来到三楼重症监护室前，我看见坐在椅子上的那孩子站起身，一边脸颊像是被揍了一拳般肿起，白色绷带包覆额头，一只手则打上了石膏。

"您一定吓坏了吧？我不知道您弄丢了手机，一直打电话给您，可是您都没接，而且当时情况混乱，我也分身乏术。"

那孩子的嘴唇干燥龟裂，渗出鲜血。我递了手帕给她，全身无力地坐在长椅末端，接着专注盯着走廊地板上的某个点。太阳穴上仿佛有锥子在敲凿。不对，好像是有什么尖锐的东西正一个个从脑袋里冒出来。

犹如尖刺、犹如钉子的东西。

我不知道，原来是我一路让它们壮大，将它们搂抱在怀中。也许它们能够守护我，免于受到来自外部或某个人的伤害。然而召唤它们前来的，却是如此难以承受的疼痛。我怀着恐惧感受着剧烈的头痛发作，但祈求它停止的话语只在嘴里盘旋打转。

就像其他人所说的，女儿安然无恙。在看到女儿向我走来的那一刻，厚重的墙面崩塌了，整个世界也开始有了亮光与空气。

"没事吧？真的没事吧？"我仔细确认、触摸女儿额头的伤口、破皮的手臂和指甲脱落的部位后，才有余力开口询问：

"在重症监护室的人伤势有多严重？受了重伤吗？"

女儿和在椅子周围来回踱步的人对视，交谈，接着回来握住我的手说：

"妈。"

女儿喊了这么一声之后，有很长一段时间没说话。起初她只是静静哽咽，但随即转为号啕大哭，发丝凌乱地贴在湿润的眼角上。

这代表那些人伤得很严重。瞬间，我真的很庆幸女儿不在其中。

我用女儿的手机发了简短的短信给值班护士和教授夫人。来人变得更多了，其中还包括住在重症监护室的人的父母。听到无法会面的通知之后，他们坐在我身旁，出神地凝视地板。目睹他们的神情与模样之后，我为庆幸受伤的不是女儿而羞愧。尽管如此，我仍想赶快把女儿带回安全的家中。

"允智她可能下半身会瘫痪。"

好不容易将女儿带到餐厅后，我从女儿那里听到这句话。想必她说的是躺在重症监护室的其中一人吧，但我没有追问那是谁，因为不希望女儿再次想到那个人。

"这样啊。先吃点东西吧，别说话了。"我的口气近乎哀求。

女儿放下汤匙，与其说讲述，更像是在自言自语，语气中尽是哀叹与悲痛：

"人都倒在地上了，怎么还能往身上踩，扔掷东西？也不管警察就在面前，现场有那么多人，那瘦弱的孩子叫得那么悲惨。一群混账东西，他们根本就不是人。"女儿抚弄着嘴唇，手宛如一片树叶般打战。

那孩子坐在女儿身旁，搂住她的肩膀。

"妈，甚、甚至还有人拿了棍子，那叫什么？球、球棒。那、那不是在晚上吗？所以看不清楚，而、而且人又很多，那里全、全部都是素昧平生的人。"

那孩子让女儿握住汤匙，说：

"吃吧，先吃点东西。"

"多少吃一点吧，你要吃点东西才行，吃完再说。"我也帮腔道。

这时女儿才试着进食，用汤匙捞起汤饭中的几粒饭，流淌至下颚的泪水则滴答落到餐盘和汤饭里。看起来像是护士的人侧眼偷瞄我们。我则用汤匙舀起白饭，往嘴巴里送，用力咀嚼吞下。就像初次教导孩子舀饭吃的父母般，就像多年前的我，对孩子说一声"啊"，让她张开嘴巴，教导她咀嚼方法，并确认食物确实吞咽下去了。此时的我已尽全力。

坐在我对面的两个孩子正低头吃饭，虽然只要伸手就能碰触到她们，但很显然我先前并不知道她们距离我有多远，又是以何种姿态立足在何处。而现在，一切都变得鲜明了。她们就位于生命的中央，伫立在既非幻想也非梦境的坚实土地上，就像过往的我，就像曾经的其他人那样，这两个孩子活在残酷无比的人生之中。我无法揣度她们眼前的风景，她们追求的风景，以及往后会看到的风景。

　　饭粒难以下咽，而我一边哽咽着，一边将涌上喉头的滚烫情感吞了下去。

"那天有几个人参加？为什么要聚集在那边？什么时候来的？"记者问道。

"那是一场针对不当解雇的示威活动，参加者包括我和另外两位讲师，还有些其他团体的人士，以及三名学生和我认识的人。"女儿回答。

"听说那天上午和校方进行了正式的面谈？"

"原本有，但是被取消了。系主任没来，校长也没来，要怎么面谈？"

女儿捏扁手中的纸杯，发出了细碎的声响。

"您的最终诉求，是让那位讲师复职吧？"

"复职或不复职的暂且不论，无论她还是我，都只是算钟点拿钱的讲师罢了。我们的要求不是退休金或养老金什么的，那位讲师只是任期一年的临时讲师，而且实际任职都不到一年，只有九个月而已。"

"您的诉求不是复职吗？"

"我们只是希望能听到一句道歉，还有承诺以后不会再有相同的事发生，因为学校以极其离谱的理由解雇了讲师。如果那是能够令人信服的理由，我们会默默接受，比如课程评价太差之类的合理原因。"

记者在一本小手册上写着什么，但看起来并不像在侧耳倾听女儿的话。一辆外卖摩托车骑进校门，一群鸽子受到惊吓，同时振翅飞向空中，几个立好的示威板也随之倒下。

"学校提到了不合宜的课程，关于这点，您有何感想？听说那位讲师课上的内容很不合适。"

"那只是借口，真的只是狡辩。请您稍等一下。"

女儿朝某人挥了挥手。她呼喊某人的名字，绑着高马尾的女学生和戴着圆眼镜的男学生一块走了过来。

"请您问问这些学生，了解一下课程内容是否真的不合宜。"

就在记者和那两位学生谈话时，女儿闭上了嘴，并往后退了一两步。

我坐在远处注视着那样的女儿，可是无法准确得知女儿正在看什么，她的想法和心境又是如何。

因为一无所知，所以只能惶惶不安、心急如焚。

"不过，讲师为何要让学生看这种电影呢？"记者转向女儿问道。

"因为要上课啊，也要给他们留作业。那堂课的作业，就是看完那部电影，进行讨论，并将自己的想法写成报告。而且那也是一部必看的电影。即使不追究这个，上课也是讲师的权利，一直以来都是这样做的，不论我还是其他讲师。"

我刚觉得好像能和女儿对上眼神了，她就完全转向了记者那侧。她一只手叉在腰上、站姿歪斜的模样，看起来像是在发火。

"您和那位讲师是什么关系呢？"

"我们是同事。"

"两位关系似乎很亲近。"

"不好意思，您以为我是基于和对方的交情才来到这里吗？为了保住这份工作，我放弃了其他学校的两堂课程，这个问题对我和其他讲师而言都同等重要。上课不是讲师最基本的权利吗？"

记者打断女儿的话，插嘴道：

"您是不是支持同性恋呢？"

我听不见女儿的回答，但大致能预测她会如何响应。女儿不可能有所隐瞒，她眼里非黑即白，没有灰色地带，个性几乎和过世的丈夫是一个模子印出来的。不，说不定这意味着女儿还很年轻，因为年轻就代表着愚昧。

沿着桌子绕圈，用鼻子哼出旋律的小孩子害羞扭捏地向我接近。我伸出手握住了那稚嫩柔软的小手，手指头摸起来就像刚煮好的米饭般膨松粉嫩，仿佛放进嘴里就会瞬间融化的冰激凌。

"很热吧？来，过来这边。"

"好热。"

这孩子知道妈妈现在躺在重症监护室吗？会猜到妈妈为什么变成那样吗？知道爸爸在病房守着妈妈的时候，外婆和外公为什么要跑到外头大太阳底下的街上挨晒吗？当原本手脚都好好的，一下子就能把自己抱起来的妈妈坐着轮椅出现，这孩子会做出何种表情呢？我在思索这些事情时，依旧很努力地避免望向孩子的外祖父母站立的地方。

也许我应该向那对年迈的父母道歉，下跪磕头泣诉这一切都是因为我没养好孩子。可是我该如何开口呢？说都是因为我女儿，才让你们的宝贝女儿受伤吗？就连说不怪任何人的那对夫妇心中作何感想，我都无法揣度。

我将个子娇小的孩子轻轻拉到面前，替孩子擦拭有汗水滴落的额头。

"来，要不要坐这边？"

像个小矮人一样的孩子坐在我身旁，我将数张传单折起来，替孩子扇风。孩子柔软光滑的发丝轻轻飘扬，双脚则调皮地晃来晃去。

记者持续提出问题：

"那么，您和您的伴侣交往多久了？就是和您同居的人。"

"超过七年了。"

女儿说这句话时，紧张的神色暂时消散了。此时她一定想到了那孩子在大火前翻炒、炙烤、油炸某样食材的模样吧。

可是，这种关系会有未来吗？不是随时都能分手转身离去吗？

提问的人如今变成了我。也就是说，我正在思考人们说起爱情时，用来填补爱情这个空洞虚无的词语时的种种细节。

好比说，你们两人躺在床上，在夜里摸索彼此的身体时，你们能做些什么？要怎么做？假设那可以称为性的话，你们是否能够拥有身为女人感受到的快乐或欢愉？若答案是肯定的，那又是什么样子？

我抱着这种原始的好奇心，这种与他人无异的疑问。那个在我的血肉中诞生、成长的孩子，也许是距离我最远的人，是我如何努力也无法了解的人。我真心想问，这真的是女儿想要的吗？无法拥有孩子，什么也没有的空洞关系，永远不完整的人生，还有来自其他人如影随形、穷追不舍的轻蔑与侮辱，以及自己必须承受的羞耻心与愧疚感的重量。

这真的是你想要的吗？

我很想知道，也许我想化身为那个事不关己的人，拿着一本小册子，偶尔假装做做笔记，不抱任何期待、野心和怯懦，想问什么就问什么，然后等待对方的回答。只是，即将得知的事实却令我无比恐惧。

尽管如此，我仍必须提出问题，我非如此不可。我必须一问再问，直到身心俱疲为止，因为女儿是我的孩子。我终究还是想知道，也必须知道不可。至少我不想当个逃跑的父母，不想因回避和犹豫失去女儿。

"这是一所由宗教财团设立的学校，所以这问题似乎很难被接受呢。您是怎么想的呢？"

记者用手挡住刺眼的阳光，我无法得知他做出了何种表情。

"这不是理解与否的问题，也不是需要请求谅解的问题。这是权利，是每个人出生时就拥有的权利。还有，私生活和工作是两码事。我所要求的是什么了不得的事吗？要求将工作与私生活分开，要求保有讲师的基本权利，这些不都很理所当然吗？"

我听见女儿断然说道。

"我女儿差点就丢了命。"

如果珍问我的话，我打算这么说。

"怎么了？发生什么事？"

如果珍压低声音说话，我就会坐在她身旁，对她说上一整夜从未告诉过别人的悄悄话。可是，时隔三日来到医院上班，却不见珍的身影。

我得到的说明就只有珍被转到老年痴呆症专门疗养院去了。珍待过的病房空荡荡的，壁纸和油漆全部都被剥除，而且贴上了"禁止出入"的标志，像是马上就要施工，充满了水泥的潮湿土味。

"什么话也别说，老实待着。你就接受现状，顺从安排吧。"眼疾手快的教授夫人迅速走过来，用力握握我的手，然后离开了。

我瞬间失去了负责的患者，像个无所事事的人一般在走廊上来回踱步。没有人告诉我发生了什么事，也没人告知我往后该做什么事。

"请您坐在这儿稍待一会儿。"

护士们像是互相说好了似的，个个都很敷衍了事。和初到这里那天一样，我坐在能看到询问处的矮沙发上，等待权科长唤我进去。

午餐时间都已经结束很久了，他才现身。年迈的院长夫妇领头在前，他则尾随在后。

"啊，女士，听说您先前有事，顺利解决了吗？"

院长夫妇走进办公室，而他带领我到调剂室。

"请到这边来。"

"嗒"的一声，我一走进去，他便稍微使劲将门关上。我看见小窗外有两辆救护车，车门开着，有几双长腿露了出来，香烟的烟雾袅袅飘出。一定又多少塞了钱给救护车的司机，拜托他们找来更多患者吧。没有人不知道，护理员几乎是被半强迫缴纳给协会的会费，都被拿去进贡给这种医院，最后又给了救护车的司机。他们无论如何都会找到能成为患者的人，甚至不惜把正常的人带来，把他们打造成患者，为这个地方带来收益。

"我们这里提供专门治疗很困难，所以将她转到了其他机构。想来想去，还是亲自向女士您说一声比较好。"

我没有询问为什么偏偏选在我不在时决定这

件事，因为我也知道这些人心里在盘算什么，他们不会老实说的。我看见救护车的车门关上，两辆救护车依序驶离停车场。

"什么时候走的？"我问。

权科长回答："今天早上。再怎么说，还是在她心情愉快时前往，在那儿用餐，四处参观一下会比较好。"

我看着塞满置物柜的小针筒、长喷嘴、装在小盒子里的消毒水和大型药罐，一时哑口无言。

我口中突然冒出了一句话：

"科长的父母还在世吗？"

如果还在世，应该早就过八十岁了吧？当然，我并没有期待这种话能改变什么。他很快就察觉到我想说什么话。

"很久以前就过世了。"

因此，权科长有可能是在说谎。

"如果那是自己的父母，大家还能这样做吗？"我喃喃自语．最后还是多说了一句，"这样真的不对，也没征求任何人的同意，甚至完全没和我商量过，这样做真的不对。"

"如果她有家人，自然就会征求家人的同意，可是您也知道她没有啊，法律上也没有规定要征求护理员的许可。"

权科长一脸疲惫与厌倦。

我也知道，不能拿着严格的道德标准，只向他一个人追究责任。今天，所谓的"工作"已遭到毁损和玷污，它在许久以前，就已经不再是为我们这个年纪的人带来自豪与骄傲的角色。如今人们不再是工作的主人，而是它的奴仆，同时还要战战兢兢地避免自己遭到疏远与冷落，直到最后被推挤、驱逐到工作之外，迎接承认自己失败的那一刻。

"希望女士您就做到这个月为止。"

权科长说出这句话的瞬间，我才意识到，自己早就为可以想见却无法未雨绸缪的这一刻做好了心理准备。

我问科长珍进了哪家医院。

"您不也知道吗？我们无法向家人以外的人透露。"

"我就等于是她的家人，这您也知道。"

"话不是这样说的啊。"权科长似乎还有话要说，但他只是摇了摇头，走出了调剂室。

我走出调剂室，往建筑后方的垃圾场走去。接着，我直接用手将污秽的塑料袋逐一打开来，挑出混杂排泄物与呕吐物、血液与脓水的卫生纸与尿布，就连湿掉的报纸、破裂的玻璃瓶、脏污的喷嘴和针筒也都逐一拿出。

过了很久，教授夫人才跟在我后面出来，向我走近。

"怎么了？发生什么事？科长说什么？"

我在高至腰际的大型垃圾袋内翻找，将里头的东西全部倒出来。那些垃圾一下子倾倒在地上，发出铿锵碰撞的声响。

"哎呀，干吗这样？你是吃错什么药啦？"

教授夫人抓住我的手臂，我甩开她的手说：

"去做你的事吧。"

"你都这个样子了，我哪还有心工作？到底发生什么事？你总得先说出来吧？"

我蹲着挑拣垃圾，说道：

"你怎么不早点问我？在把珍转到其他地方时，怎么不跟我说一声？怎么不打通电话给我？"

"你也真是的，又不是不知道我们的处境。"

我好不容易才把"就算是这样也还是要说啊"这句话吞下去。这不是我的错，也不是你的错，更不是任何人的错，若是照这样说的话，世界上无数的被害者到底要向谁、要上哪儿去讨回公道？即便是这样想的我也不例外。

教授夫人自顾自嘟囔了一阵之后，就回到工作岗位去了。说不定她会跟年轻的新婚太太和护士窃窃私语，说那老女人终于疯了。但即便她说出更过分的话来也没办法，我再也不想让那种无聊的指责和嘲弄使我无法去做真正该做的事，也不想再做这辈子已经反复做过无数次的事情了。

我最后找到了两张已经被撕破、弄脏的奖状，幸亏还找出一个小的贡献奖杯，虽然杯的顶端已经碎裂。这些全是珍极为宝贝的物品，我用卫生纸大致擦拭过后，将它们放进手提包。

天黑之前，我就听见有人打开了大门，是那孩子回来了。

我蜷缩身子躺在沙发上，注视她脱掉鞋子、走进家中的样子。她左侧太阳穴上还留有瘀青，嘴角流淌的黄色脓水已经干掉了。

"抱歉，我不知道您在家。"

我默不作声，只是闭上眼睛。夏季尾端喷吐出的湿濡热气将我捆绑，不肯松手。只要我闭上眼睛，好像就会有水从某处悄悄漏出，不断将我打湿。受潮软烂的壁纸脱落，墙面缓缓坍塌，整个家好似即将倒塌般发出吱嘎吱嘎的悲鸣。

有人摸了摸我的额头。

"您没事吧？"

是她。可是我连拨开她的手的力气也没有。

"您发烧了，要去医院吗？"

我摇了摇手，表示不必了。她煮了放入栉瓜的大酱汤和稀饭，拿到我面前。

"请多少吃点东西吧，我去买药回来。"

那孩子出门了。滴答，时钟的声音寂寥地在客厅扩散，晚霞细长的身影溜了进来。我试着缓缓支起身体，骨头互相接合，疼痛苏醒，手臂痛得快断了似的。我握着汤匙，缓慢品尝那孩子煮的食物。我得打起精神，得爬起来才行。每当我这么想的时候，脑海就会浮现女儿的身影。

女儿正站在街头。

她就站在那条随时都有我难以想象的事情发生的街上，完全不知道四通八达的道路尽头瞄准自己、扑向自己的究竟是什么。想到这些，我什么也无法吞咽，怎样也吞不下去。

那孩子回来了，买了感冒药、双和汤[1]还有两盒大片膏药。我吃下药后，给她的背部和肩膀贴上膏药。撕开包装纸取出膏药时，塑料纸被捏皱的杂音填满了静谧的客厅。她将短袖往上拉，背部和腰部留下又长又红的疤痕，就像被某样尖锐的东西划过一般。

"去看医生了吗？"我问。

1 　一种韩国民间常见的保健品，主治虚劳损伤导致的气血虚弱。

"没有，没那么严重。"

撕下塑料纸后，膏药自动黏成一团，清爽的薄荷味弥漫在空气中。

我用手指将膏药的边缘撕开，喃喃自语道：

"应该去拍个 X 光检查一下的，以免有什么问题。看来还是会留下疤痕，说不定还会引发神经痛，很不容易痊愈的。"

那孩子的背部留下了细碎颗粒状的疤痕，有些地方的皮肤甚至完全变成了褐色。

"因为我小时候有异位性皮炎。"她如此回答。

"异位性皮炎？父母一定为此吃足了苦头吧。小孩子的皮肤很脆弱细嫩，伤口很容易就溃烂，留下疤痕。"

我将膏药摊开，在她的背部贴上一片，接着再取出另一片，撕下塑料纸。每当我的手移动时，她就会顺着我的动作倾斜，改变姿势。明显的瘀青留在她的一边肩膀上，皮肤裂开处有凝固的红色血迹。

"还是要去医院一趟才行，光看外面是看不出问题的。工作的餐厅附近有整形外科吗？不要嫌麻烦，一定要找时间去一趟。"

她什么话都没说，只有我自问自答，不断顾左右而言他。也许我是借此按捺住自己真正想说的话。

天黑之后，我和那孩子一起抵达了女儿所在之处。

大半夜举着示威板的人群就在那儿。微弱的灯光下，人群的表情摇曳而模糊，站在前方的某个人正在说话。我在后方的远处找了个位置，那孩子则是稍微往前走了一点，和女儿并肩站着。两人面向彼此，俯身似乎在讲些什么。对面突然传来一阵喧哗，接着震耳欲聋的音乐声响起，破坏了原本严肃的氛围，引起短暂的骚动。

"那些人来扰乱也不是一两天了，请为身在医院的人祈祷吧。"

说话的人是上次伤势严重的某人的家属。那人现在还躺在重症监护室，而聚集在那里的人用温暖的口吻诉说她的名字。她的父母不在现场，也没看到她的儿子。那么这女人是她的姐姐吗？还是阿姨？说不定根本不是家人。

"吃一点吧。"我等那人说完话，将从家中带来的水果和一瓶冰水递给她。

女儿在远处拿着麦克风说话，她的声音从喇叭里传了出来，听起来冷静而真挚。可是因为对面震天响的音乐和说话声，很难听清楚她说了什么。我就这样坐在原地注视这骚动的一切，哑口无言。

我置身此处，坐在这个迎向辱骂与责难的位置，如身在梦中。我不禁想，这次我又像个傻瓜般被卷入了女儿与那孩子的恶作剧之中。但如果这是一场恶作剧，下半身也许会瘫痪的那人所面临的真切悲剧又该如何解释？此刻，我又该如何阻止在女儿身旁游走、伺机攻击的无数悲剧？

因此，如今我无法也不能像对面阵营的人说得那样轻松，要求这些孩子不要抛头露面，命令他们保持缄默，就像个死人般生活或干脆了结生命。我不能与说出那种话的人站在同一阵线。但是，这也不代表我彻底理解了这些孩子。那么，我现在是站在哪里呢？我必须站在哪一方吗？

我对这些孩子起了恻隐之心，为他们心疼，觉得他们不幸。在这一点上，我和那些暂时停下脚步，表露好奇，然后再度走远的众多行人没什么不同。

"吃点东西了吗？"过了很久，我才有机会和女儿短暂地说句话。

"我刚才和他们吃过晚餐了。妈为什么跑来这儿？不是感冒了吗？赶快回家，明天不是还要上班吗？我没事，快点回去吧。"

"是该回去了。"

"一起回家吧"这句话涌上了喉头，但我忍着没说出口。因为我很明白，一旦我说出这句话，其他话，还有更多的话也会跟着脱口而出。我说很快就会回去之后，再度在能看见女儿身影的地方坐了下来。

时间过了十点，对面叫嚣的人也变安静了，一定是说好了明天要再来，所以才回家的吧。这是一场漫长的争斗，必须对此时此刻看不见的、遥遥明日的争斗心中有数。气喘吁吁停下的公交车变少了，公交车站也变得冷清起来。矗立在校门那侧的建筑物仿佛瞪大的双眼般明亮。

"我的弟弟不是从天上掉下来的，不是某一天突然不知从哪儿冒出来的怪物。我的弟弟有父母，有手足，有朋友，也有爱他的人。"有个人在桌子前方低声说。

"对啊，没错。"我喃喃自语，听他说话。

"**我们在这里，我们想说的只是这个。而我们**

想要的，也只是听到一句：**这样啊，原来你们在这儿。**"又有人说道。

"是啊，就是这样。"

我又接连听了下去。但要听上多久，我才能也开口说出这样一番话来？

看到我的女儿受到这种差别待遇，我感到很心碎。我担心我会读书又学识渊博的孩子，会被赶出职场，在金钱面前手足无措，最后受困于贫穷之中，到老还要像我一样去做苦力活。这件事和我女儿喜欢女人一点关系都没有，不是吗？我并不是在恳求你们理解这些孩子，只是希望你们放手让他们去做擅长的事情，让他们得到合理的待遇，我所冀求的只有这些。

比如，我也能将这些话说出口吗？我能将女儿带给我的恐惧、失落、背叛、怒气之类的情感全都宣泄出来，说这些孩子此时就站在冰冷无情的世界中心吗？

隔天，我搭乘首班车回家，就在进门时，电话铃声响起。

"是女士吗？"

过了好一会儿，我才意识到听筒那头是疗养院的年轻新婚太太。

"您手边有纸笔吗？赶快记下来。"

新婚太太结结巴巴地把地址念给我听，我将它写在传单的一角。

要前往珍的医院，得坐三小时以上的客车才能抵达。出租车在两旁都是大棚的双向车道尽头让我下车后扬长而去。我汗流浃背地朝着远处的教堂建筑物走去。许久前作为教堂的建筑被改建成疗养院，一看就觉得破烂不堪、环境恶劣。被绑在庭院里的两只狗站得直挺挺的，龇牙咧嘴地吠叫。

　　我对珍这样说："老太太，我女儿差点就丢了命。"

　　"嗯，您有女儿？"

　　"是的。"

　　"一个女儿？"

　　"对，一个女儿。"

　　"嗯，她一定很漂亮，因为妈妈很美。如果像妈妈的话，一定漂亮得不得了。"

　　不，在那儿等待我的，不是一脸和蔼慈祥的珍。照护珍的护理员说，珍的状况在几天内急遽恶化。说不定是因为被喂了过多安眠药，身子虚弱的老人的状况有时会在一夕之间恶化到难以挽回的程度。我听着护理员说话，表情像是丢了魂似的。

珍躺在床上，眼神涣散，只是怔怔望着天花板。我有非常明确的预感，那双眼眸追寻的地方，绝不是我身处的这个世界。

"老太太。"

我握住珍的手，为了确认她微弱的呼吸，将耳朵贴在她的嘴唇近处，努力想找到珍还活着的证据。我轻抚珍的额头，又走到床尾，紧紧握住棉被下她骨瘦如柴的脚掌。

"可是之前还没这么严重。虽然精神状况时好时坏，但进食很正常，也经常说话。老太太，老太太，是我。您还记得我吗？看这边，看一下我。"

这是一个并排摆了八张床的小房间，除了两人坐着，其他人都仰卧在床上，没有半点动静。两台电风扇在旋转时发出"叽叽"的声音，除此之外，此处似乎没有任何能称得上是声音的存在。不，说不定是我的耳朵出了问题，我身体所有的知觉好像都暂停运转了。

护理员跟在我后头，一脸不满地嘟囔：

"如果我有余力的话，就会多花点心思，但您也知道我是分身乏术。因为这里分成早晚班值勤，偏偏那天晚间的负责人又迟到。"

她的身上散发出汗味和还没晾干的毛巾味。我像是突然想到什么，将一罐买来的饮料打开拉环，先递给她，又将饮料拿给醒来的两名老人，接着我也喝了一口，却突然咳了出来。我试着换个方式说话，告诉她珍不应该受到这种待遇，珍有资格获得比这更温暖的礼遇，可是我话说得不够圆滑。总之，我试着去说明珍这个人。

那女人最后打断了我的话：

"什么资格啊？那这里有人接受那种待遇吗？我是不清楚她过去过着多辉煌的人生，而且也没必要知道那种事。就算知道又能改变什么呢？最后还不是得在这种地方默默死去？"

眼见她要离开病房了，我说："她没说过什么吗？像是想找谁或想见谁之类的？也没说想吃什么吗？"

我边用手帕擦脸边询问，汗水让整张脸老是湿答答的。一名老人双手交叠，脚步一拐一拐地在病房前探头探脑，虽然他看着前方，可是失去焦点的目光却没有落在我身上。

"哎呀，又跑来了，就叫您躺着啊，老先生，老先生！"

"等、等一下。"

我再度结结巴巴地想说点什么。女人放下空的饮料罐，和我四目相对：

"杰出的人？受到尊敬的人生？那都是以为人生非常短暂的人才会说出的话。看吧，人生漫长得令人起鸡皮疙瘩，只要活久了，大家都一样，都是在等死而已。其他的请您到办公室去询问吧。"

可是我在办公室听到的，就只有家人才能把珍带走，如果不是直系血亲，就没有任何权限或资格的说辞而已。我离开办公室，像被赶出来似的，站在有狗儿吠叫的庭院中间。狗儿仿佛随时都会向我扑来般狂吠着，那怒不可遏的吠叫，听上去就像要马上飞奔过来咬掉我的耳朵。

珍会在这个地方走向生命的尽头。

有一天，她会面朝门的方向，以蜷缩在床上的姿势断气。他们会将死亡的珍移开，将床铺整理干净，迎接新的患者到来。珍冰冷僵硬的身躯，也将会因为无亲无故被扔进大火中。他们替惨白的骨灰编上号码后，就会将它搁置在无亲属者的仓库一隅，而珍将会占据骨灰坛大小的位置，度过十年的漫漫岁月，最后无声地被撒在贫瘠干燥的原野上。没有过去，没有回忆，没有遗言、教诲或一句哀悼。

珍的死将会成为一个警告，要我别活得像她一样。

我像个无所事事的人般在庭院来回踱步，凶狠吠叫的两条狗逐渐安静下来，而我再次坐在庭院一角。太阳在我的头顶西沉。

我得去找珍，好歹得做些什么才行。

心中虽如此思忖，但我能做的只有坐在那儿，无力地仰望落日。

这该死的酷暑，我的天啊，人都要被晒干了。

我凝视着炽热的空气，整张脸汗水涔涔。我用毛巾擤了擤鼻子，用手抚弄了一下眼周部位，做了一次深呼吸。

我并没有就此死心。

终究还是行不通吧？没别的办法了吧？我对这件事无能为力吧？我绝不会用这种方式来叫自己放弃，这太容易了，任何人都能做到，我不会就这样空手回去，我做不到。

一辆小型冷藏货运车沿着光线朦胧的小径驶

进庭院，司机将大小各异的冰柜和食材放在入口，一边将简单的收据交给办公室职员，一边不知在说什么。此时有两名身穿围裙的女人出来，将大罐酱料和装在塑料袋里的食材提到屋内。我就像个隐形人，没人在乎我的存在。

该怎么做才好？

脑海浮现的就只有推开人群闯进病房，将珍背出来这种不可能实现的做法，我做不到，也一次都不想做。闭上眼睛，时间滔滔流逝的声音令我打起寒战。瞬息之间，白天与黑夜交替，夏与秋也相继离去，暴雨之后天色放晴，漫天绿荫转为一地的凋零干瘠。也许，我早已在这些季节之中，头也不回地老去。

我依旧没有离开。此时我能做的，只有阻止心中喁喁细语着"回家吧"的声音，只能借此推迟断念死心的时间，如此等待着。我像是下了决心般站起身，走进屋内。

"那个，你们是什么关系？什么关系！"

我往病房走的时候，办公室有人走出来冲着我喊。是那个强调只有家人才能带走患者的男性职员。

"没有关系，我们什么关系也没有。"我如此回答，并且生气地嘲讽道：

"只要能照顾她几天就好了，有什么好不答应的？您要不要到病房去看她现在是什么状态？看看她那与死了无异的可怜模样。您以为那老人家会活千年万年吗？不过是死期就在眼前的人，程序或法律，那些有那么重要吗？"

职员正打算径自走进办公室，突然停下脚步。

"请让我照顾她几天就好，三天就好，不，就两天，哪怕是一天都没关系。请答应我吧，她现在真的没有时间了，没有所谓的下次了。"

职员一脸为难地望向我。

我说："她没有家人，没有什么直系血亲，这个世界上没有一个人会来找她。是不是家人到底有什么重要的？"

令我吃惊的是，我的眼中没有落下一滴泪水。

虽然我和职员说好会带走珍两天，但我没有打算要遵守这个约定。不过这也并不表示我已准备好要无限期照顾珍。倘若世上的一切都能等待我做好心理准备，给我充分思考与苦恼的时间，那该有多好？

我陪伴在珍的身旁，等候黎明的来临。我在等待珍体内的药效消退，阻止了习惯性地给珍打安眠药与镇静剂的护理员。九点一过，病房的灯暗了；等到十点，护理员纷纷回到休息室。接着，我似乎被囚禁在密不透风的沉默之中，无论我如何敲打也不会开启门扉或瓦解的黑暗，依然不为所动地将我包围。

"老太太，您有没有想吃的东西？我女儿说早上会过来。是我要她过来的，您不是说想看看我女儿吗？"

我不断嚷嚷着，试图击退这冷清寂寥。如果不这样说话，就会觉得此处漆黑无比，甚至不敢相信自己还活着的事实。一切似乎都静止了。我打开手机，再三确认时间确实在流动，然后不停地睡着又醒来。

终于，我在睁开眼睛时，听见了鸟鸣声。我睡眼惺忪地走向窗台，拂晓的靛蓝天色缓缓散去，晓色逐渐清晰，转眼间，灿烂的光线已洒满整片窗。女儿在天亮了许久之后才来。不对，出租车后座的门被打开，下车的人不是女儿，而是那孩子。

"我一直想叫醒小绿，但她完全爬不起来，所以我就代替她过来了。"

那孩子远远站在一旁时，我让珍坐好，替她换上那孩子带来的衣服——是画有兔子图案的粉色衬衫和宽松的短裤。衣服那么多，为什么偏偏挑了这种可笑的衣服过来？尽管如此，我仍竭力按捺住内心的不快。

那孩子带着疑惑的表情，一边揉着眼睛，一边环视病房。

珍和我坐在后座，那孩子在副驾驶座坐定后，出租车出发了。出租车开上冷清的道路，同时加快了速度。我请司机将冷气调弱，神经紧绷地担心珍会感到不舒服。后视镜上时不时会映出那孩子打哈欠的模样。等我再次注意到时，她的头倚靠着窗户，嘴巴微张着睡着了，于是我伸手将那孩子的座椅稍微往后调整。

"您没事吧？有没有不舒服的地方？肚子饿不饿？要不要吃点东西？嗯？忍耐一下，快到了。"

困意朝我袭来，为了避免睡着，我一直在说话。有时，珍会像是回过神般转头和我四目相交，随后表情又再次呆滞。后来，不知不觉中，我也像那孩子一样，嘴巴放松微张，就这么睡着了。

出租车停在大门前。那孩子率先下车，赶紧将大门打开。突然敞开的大门撞上墙面，发出砰然声响。我打开后座的车门，小心翼翼领着珍下车。我可以感觉到珍像是从非常深沉的睡梦中缓缓苏醒过来般，表情逐渐变得清楚鲜明。

"妈你回来了？是谁啊？怎么回事？"女儿走到大门外，抬高音量说道，完全不理会我制止的手势。

结果，对面大门内侧发出声响，对门的男人提着扫把，开门走了出来。

"您出门了呀？"

为何偏偏挑在所有住我家的人都站在外头的

这一刻？我最不想面对的就是这种时候。在一切昭然若揭、完全没有辩解余地的这一刻，我却和邻居碰个正着。

"是的，刚从医院回来。"

珍佝偻的身躯好不容易才出了车门。我要女儿搀扶珍，然后支付车费，关上车门。出租车小心闪避停放的车辆，惊险地倒退驶出巷子。

"是您母亲吧？"我提着从医院带回来的行李，正打算走进大门，男人充满好奇地探头询问。

我只是点了点头，然后说：

"不是，我母亲很久前就过世了，这位是我在疗养院照护的患者。"接着，我简单用眼神打招呼之后，关上大门，走进家里。

"是谁啊？妈，她是谁？"

有别于急忙探问的女儿，那孩子什么都没问，只是让珍躺在沙发上，之后坐在旁边出神地俯视着她。二楼的小朋友正在一边踱步，一边愉快地唱着歌。他们要去幼儿园了吧？我抬头看着时钟嘀咕。

"是妈在疗养院照顾的患者，因为有点状况，所以妈暂时带她回来。"

"什么状况？疗养院的患者可以随便带回家

吗？嗯？"

女儿跟在我的屁股后头，不死心地寻根究底，她的额头上还留有睡觉时压出的红印。我说只有几天而已，接着瞥向珍所在的客厅，看到敞开的窗外是一片无限明亮清透的风景。才过了一晚，漫长的夏日就仿佛已然离去，瞬间就到了秋天。

一阵凉爽的清风拂来，吹进我与女儿、我带回来的珍与女儿带回来的那孩子同住的屋子。我一整天做的事，就只有待在珍的身旁，再次等待夜晚来临。静谧的夜晚降临，一天恍如做梦般流逝。

申请完失业补助的隔天上午，我将家中所有窗户全部打开，小心翼翼搀扶珍，让她站立。原先照顾珍的那孩子往后退了两步。

"漂亮，真漂亮，跟妈妈一样漂亮。"珍温柔和煦的目光停留在那孩子身上。

见那孩子犹豫着想开口，我加以劝阻，同时询问道：

"您饿不饿？要不要吃点什么？"

"有什么可以吃？"

令人吃惊的是，珍的双眼确实是在看着我。在这一刻，她不再是个失去记忆后在死亡前徘徊，年迈多病的患者，而是个跨越漫漫人生的勇者。

"您想吃什么？"我边察看珍宽松的裤子边问道。

虽然已经替她换了许多次尿布，仍无法避免味道散发出来。家中已经慢慢充满了尿骚味与其他令人作呕的味道。这事我早预料到了，早就有心理准备。然而，珍生在家中的这段时间，又会有多少我没预料到、没心理准备的事情呢？

"要不要我煮点什么？"那孩子赶紧起身说道。

珍伸出了手，而那孩子握住了那只手，脸上浮现淡淡的微笑。

我一整天都待在珍的身旁。

亏得如此，我多少忘记了对女儿的担忧和对那孩子的不满，甚至自己的悲凉处境也被我抛在脑后。几天之后，一脸不高兴的女儿也闭上了嘴巴。一定是因为她没多余精力去为此费神吧，所以帮我忙的总是那孩子。不管是我外出时，为珍准备三餐时，还是给珍洗澡时，我都需要那孩子的帮忙，将装满湿尿布的沉重垃圾袋拿到外头的也是她。

"奶奶，您吃红豆，像这样，这样。"

"啊，您张开嘴巴，再大一点，啊、啊——"

"您试着握拳再松开，不是，不是那样。"

有时，珍好像更听那孩子的话。她会在我面前要性子，要赖，却乖乖听那孩子说的话。也许这和珍越来越虚弱有关吧。比起在医院的时候，显然珍的状况更加恶化了。

即便如此，我们的日常生活也并不总是轻松顺遂，有时我会感到烦躁，需要费力忍住想发火的冲动。比如珍没来由地弄倒放在餐桌上的杯子，或者大叫说要回家的时候。她还在全身都是泡沫的状态下试图跑出浴室，或者抓着我的头发大吵大闹。每当发生这种事 我就觉得把这种本来无力照顾的人带回家的自己是个笨蛋，但就算这样，我仍努力而艰辛地挨过一次又一次。

照料某人有多辛苦，照顾自己以外的人又有多困难。也许我是想借此告诉女儿和那孩子，这种看似美丽圣洁的事，实际上有多可怕残酷。我想让她们不只是从书上读到，或从某人口中听到，而是亲自去体会这件事。

我想说的，不是要求她们在十年后、二十年后如此照料我，而是想让这些孩子去思索一次年轻时怎样也无法想象、但终究有一天会到来的老年。所以哪怕是现在开始也好，希望她们能去找个可以互相分担责任、彼此信任的另一半。我只是希望自己留下的不会是担心、忧虑、后悔与埋怨。

"老太太，那孩子不是我的女儿。"夜里，躺在珍身旁的我悄声说道。

我听见女儿打开大门进来，那孩子打开房门迎接女儿，厨房的灯被打开，玻璃盘互相碰撞的声音传了过来。然后，房门关上，家中再次变得安静。

"那孩子是我女儿带回来的，她们两个不是朋友。"

我的话总是停在这儿。我能清楚感受到，我无法吐出的言语，终究无法说出口的话语，留在我体内哐啷一声碰撞在一起，造成伤口。

"如果是您的话，会说什么呢？您会怎么做呢？"

可是另一方面，在说出那种话时，我似乎又能获得某种慰藉。那一刻，我体会到这一切不再是遥不可及的事。我就站在事件的中央，而且尽管如此，我并没有因此崩溃，倒下。

"外头是谁来了？"

某天下午，珍呼唤着我。正在晾衣服的我，走出来将广播的音量调小。珍歪斜着身子躺在沙发上仰望我，看起来很有精神。我脱下塑料手套，帮珍把沾在嘴角的核桃点心碎屑轻轻拨掉。原本放满盘子的核桃点心此时只剩下三四个。

"还要一小时才会回来呀，要再等一下。"

我指着那孩子的房间，打开房门，将客厅的窗户全部打开，直到让珍看到空荡荡的庭院之后，她才停止发问。可是她马上又像是忘了这一切般，重复相同的话：

"外头有谁来了？哪里来的？"

我蹲在浴室的门槛上洗抹布，随口应了一声，与其说是回答，更像是发出我人在这边的讯号。我的回应越来越短，到最后只剩下"嗯、嗯"的鼻哼声。珍仍在不停地说着什么，而我心想着：

如果将珍丢在那脏乱的疗养院，八成早就归西了，状态能恢复到这样也是件好事吧。我的天啊，竟然把好好的一个人当成行尸走肉。不过，这样过了一个月、两个月之后该怎么办？等失业补助的期限到了，我必须外出工作时该怎么办？应该再把珍送到合适的疗养院吗？

"奶奶说，有一群穿着鹅黄色衣服的孩子聚集在玄关前，像是一群读幼儿园的小朋友。"

恰恰是在十五天后的下午，我听到了那天的经过。那孩子在讲述时，脸上没有任何表情，仍是不知所措的样子，仿佛人还停留在一边喊着"奶奶没有呼吸了"，一边跑到庭院外头的那一瞬间。女儿听了之后，搂住我的肩膀。

"她说有一群像鹅黄小鸡般的小孩子跑了过来，叽叽喳喳，吵得她无法睡觉，还问为什么大家这么吵闹，到底发生了什么事。"

珍在星期六下午断了气。那天的天气就如早间新闻预报所说的一样，清风徐徐，阳光明媚。女儿出门去买蛋糕，我在庭院里晾衣服，而珍歪斜着身子躺在沙发上睡着了。那孩子在厨房清洗水果，以为珍只是睡着而已。

女儿买回来的圆形蛋糕，上头用葡萄和草莓装饰着，小巧玲珑、美味可口的模样令人充满食欲。我把蛋糕放在珍面前，那孩子将洗好的李子和桃子搁在旁边。我记得那时我还在想，该来打听珍的去处了，还告诉自己，要在月底之前，在这个季节结束之前，送她到合适的地方，因为没办法一直照顾下去。也记得自己下定了决心，至少要在这段时间内好好待她。

女儿、我和那孩子不停地在狭窄的厨房走动，动作安静而迅速。我的心思完全放在珍身上，所以把自己正和那孩子置身于同一空间的事实，以及这一事实带来的不快感与尴尬完全抛到脑后，度过了毫无隔阂感、再自然不过的平静时光。

珍带来的和平，短暂的休战。

这也成了珍最后带来的礼物。

那孩子回想道，在她备好碗筷，准备叫醒珍的时候，才知道发生了什么事。在我跑到庭院，呼唤二楼的新婚太太时；在手机铃声响起，女儿和别人在通话时；那孩子握住珍的手，轻轻抚摸她的脸庞，将耳朵静静靠近她的嘴角。

珍尝了一口蛋糕。

她只挖了很小一口，放进口中缓缓吞下，然后点了点头，一脸为顺滑香甜的味道着迷的满足。我又将草莓沾满鲜奶油，递给珍。这是对某个人来说稀松平常的生活，却是每个人都应该享受的平凡小幸福。

"味道怎么样？是我从好远的地方买回来的噢。"女儿说道。

那孩子也附和道：

"下次要不要在家里做做看？像塔一样，做成扁平状。"

"没有烤箱也可以做吗？"

珍的视线在女儿、那孩子和我之间来回。

完美的午后时光。

可是，我想象中的画面终究没有来临。那一刻总是来得太早，或是太迟。总是在尚未察觉之时就离去，不然就是让人等到最后，终于放弃。珍最后看到的，不是小巧玲珑、美味可口的蛋糕，而是叽叽喳喳的小朋友们。

就在她合眼之前。

既然珍看到了一群稚嫩又开朗的小朋友，想必应该去了天堂吧。我如此想着，同时又有另一个想法在纠结——说不定珍看出了我暗地里的担心与忧虑。自责与羞愧的情感涌了上来，我再次感觉到，这一切都是我的错。

我不应该那样想的。

我扭绞着双手，喃喃自语：

"我的天啊，我不该那样想的。"

不久之后，医生从急诊室出来找我。在我、那孩子和女儿的面前，医生一字一句地宣告死亡日期与时间，然后取下粘在珍身体上的线与设备。

接着，他将珍的身体往侧边转，询问道：

"您要看吗？没关系吗？"

想必是要把体内的异物取出吧，如今珍已经是死去的人了，医生一定是想按照程序迅速处理完毕吧。我转过身离开了那里。

女儿握住我的手，我终于在女儿的怀中哭了出来。我像个孩子般哭泣，却无法将视线从珍躺着的床铺移开。在我悲痛哭泣时，那些不停抽打我的无数情感，我似乎怎样也无法向女儿解释清楚。

我晕头转向地忙了好几天。

郊外的葬礼会场提供的是一个相对狭小、位于角落的普通房间，一位职员跟了过来，打开灯之后，将覆盖香案的塑料布收起来，一股潮湿的霉味顿时蔓延开来。即便把灯全打开了，昏暗的感觉依然没有消散。

反正才一天而已。

就算我如此想着，心底依然感到不舒服。为什么放着大部分空着的房间不用，偏偏给我们一间一看就觉得很简陋的房间？

"我们也不知道会不会突然有客人来啊。"

葬礼会场负责人如此答道。所谓就算死也得支付费用的人生，我现在已经不怎么感到吃惊了，不过是又一桩随处可见的事情之一。我抬头仰望满是污垢的天花板角落，低头看着变形的门缝，有两名穿着工作服的人搬了两个偌大的花盆过来。香炉已经备好，香也已经点燃，呛鼻的线香味充满整个房间。

"灵前的照片要放哪一张呢？"

我将显然是许久前从杂志上剪下的一张照片递过去。照片很小，连相框的一半都没填满。立好写有珍姓名的牌位后，又在上方放了相框。即便如此，香案仍显得空荡荡的。

"好帅气哦。"女儿走到相框前，如此说道。

"最近正好流行这种眼镜呢，好漂亮。对吧？"

"嗯，是啊。"

只要女儿询问，那孩子就会回答，两人交头接耳。

"没有其他的丧主吗？"

拿着费用收据过来的职员询问道，我回答说会来吊唁的人不多。

"可还是要决定呀，要放上名字作为代表，我们也有需要记录的地方。"

"那我来当吧。"女儿站出来说道。

"大多数丧主都是由男性担任，没有男的吗？"

偏偏在这种时候，我又想起女儿的处境，瞬间双颊变得滚烫。

"是男是女有什么关系？又没有人说不行。"

那孩子帮腔道。

职员转头看向我这边，而我只是简单点点头，内心掠过了这个念头——又这样被别人发现了寒酸困窘的处境。

我经过紧紧相邻的葬礼会场，走到外头。除了入口旁的两个房间，全都关着灯。我倚靠在窗边，往下望着空荡荡的宽敞停车场，一共只停着盖着蓝色防水布的两辆货车、三四辆摩托车、四五辆汽车而已。

狄帕特依旧没有消息。接到电话的管理员说，好几个星期前他就已经辞掉工作，狄帕特的同事甚至装模作样地否认，说不知道他去了哪里。那是真是假都不重要。尽管如此，我仍暗自思忖着狄帕特会不会来，最后是否会出现。

太阳下山后，教授夫人和年轻的新婚太太来了。

"这是点微薄的心意，请拿去贴补着用吧。"

因为没有另外设置奠仪箱，所以新婚太太将信封交给了我。我告诉她，国家多少会补贴一点葬礼费用给无亲属、无财产的人，她能够前来就已经很感激了。只是我对于珍的死被视为某人的工作和永无止境的一部分劳动感到很痛心，就像是什么非处理不可的杂务，没有半点诚意，这令我难以忍受。

就在这时，有三四个女儿和那孩子的朋友来了。多亏于此，灵堂多少有了温度。

然而最终，我还是撞上了内心一直恐惧的事情。

"那孩子是谁啊？"在厨房里，我正要把盒装食物盛放到免洗盘之时，教授夫人走过来问我道。我转向冰箱的方向站着，嘟囔道：

"不知道，我女儿带来的朋友吧。"

"不是说一起住在家里吗？"

这女人到底是从谁那里听到了什么？女儿还是那孩子？她们对这女人说到了什么程度？虽然知道心思全都被看穿了，但我依然什么话也没说，只是像在生气般嘴巴紧闭，最后走出了那里。

"原来您在这儿呀。您吃点东西了吗？"

那孩子在停车场角落的狭小吸烟室找到了我，默默在我身旁坐下。有一辆打算离开停车场的车子打开车前灯经过，那孩子和我的影子也因此拉长，变形，然后消失。

"职员询问出殡要怎么进行，所以我来请教您。

小绿说不要举办，但大家都这么做，是不是有这个仪式会比较好？"

接着，那孩子又补了一句话：

"对不起，因为名字叫习惯了，一时改不过来。"

我一言不发。

"不介意的话，我可以补贴一点费用。"

见我没有反应，那孩子嗫嚅着站起身继续道：

"那我就说明天再决定，反正凌晨也有职员在。"

"谢谢你陪我们在这儿。"

我好不容易才开了口。那孩子则是一脸不知该重新坐下还是回去的表情，踌躇地站着。

我比了手势要她坐下，然后告诉她："有人向我问起你的事。你和我女儿的事，我还是不知道该怎么开口。"

不，我的意思是，虽然我知情，但依然说不出口。

"我不知道我能不能理解你们，在我死前会不会有那一天。"

那孩子用脚将随地乱丢的烟蒂逐一踩裂，散出的烟叶在水泥地上留下黄渍。

"我能理解你们的这个奇迹会发生吗？毕竟有

时，机会将以触目惊心的模样到来。只要不放弃，终有一天会到来吧？不过这需要时间，我不知道我是否还剩下那么多的时间。"

我继续喃喃自语。

"可是，我也不能说，在那种奇迹到来之前，我就会理解你们。因为那是在说谎，那表示我放弃了我女儿，放弃了我女儿可以光明正大、平凡生活的人生。我终究无法那样做，不是吗？"

远处的道路响起巨大的喇叭声，但声音瞬间就疾驰到另一头去了。

那孩子只是静静听着。即便如此，最后我仍没说出会努力试试的话语，因为不想给她无谓的期待。我没有自信、力气或勇气去一一说明，我的体内有着什么也不想理解的自己，有想要理解一切的自己，有在远处观望的自己，还有无数个自己在反复进行着看不见尽头的争斗。

我想起过往的一件事。

多年以前，一个女人姿势恭敬地坐在我面前低头哭泣。

"对不起，我不晓得孩子为什么老是惹麻烦，唱反调。"

女人说完后，我便如此回答：

"因为还不懂事嘛，以后就会懂得父母的心了。"

这是身为老师能对父母说的最好的话了。也许我的内心真的这样认为，真的如此天真愚昧。当时的我是否应该告诉她，那种事是绝对不会发生的，孩子会越来越爱唱反调，离你越来越远，不管怎么做，孩子都不会回到父母期望的位置上。可是即便如此，孩子终究是我的孩子，而我是她的父母，这项事实是绝对不会改变的。

过了很久之后，那孩子说道：

"您要不要进去休息一下？您看起来很累。"

晚上十二点之前，教授夫人和新婚太太就回去了，女儿的两位朋友也离开了。在安静的黎明时分，那孩子、我和女儿在小小的桌子前相对坐着。在天亮前出殡后，还要去一趟火葬场，等负责的职员来完成各种行政手续，一整天可能都没办法吃上一顿饭。

冷掉的牛肉汤上漂浮着白色的油渍，我将油撇掉后，舀了一勺来喝，味道又咸又辣，一点也刺激不了食欲。即便如此，我仍将白饭泡在汤里，吃下一勺又一勺。

"吃吧，多吃点。"

我将白切肉和泡菜推到对面，那孩子吃了一片肉。我又拿了一杯温水过来，放在两个孩子旁边，接着把剩下的白饭吃得干干净净。

用完餐后，我走进了为家属准备的小房间，在浓浓线香味与潮湿霉味之中，盖上毯子并躺下。滴答，指针走动的声音变得清晰可闻，感觉吐出长长的一口气之后，身体就会彻底融化。我闭上眼睛，试着打个小盹。真希望一觉醒来，从极为漫长深邃的睡梦中睁开双眼之后，这一切都会消失得无影无踪，都能回归原位，回到我不需要努力理解和接受的顺遂日常。可是，如今等待我的，也许是需要不停战斗与承受的日常。

我能承受吗？能撑到最后吗？

就算我扪心自问，也只会看到一名老人固执地断然摇头的模样。我试着再度合眼。总之现在得歇息一会儿了，等睡醒之后，多少就会有力气去承受接下来等待着我的人生吧。所以，现在我需要思考的不是悠远的明日，而是此时此刻。我只考虑今日之事，同时希望这些事能够平安顺利地结束，并试着去相信，我也同样能度过无数个漫长的明日。

作者的话

我在去年夏天写了这部小说。

写小说时，我似乎曾认为去理解某个人是不可能的。我也还记得，自己曾认为"理解"这个行为，是一种最终只会走向失败的尝试。尽管如此，我仍不能不去思考其他人"不愿放弃某个人"的那种心情。或许，这部小说也是这种持续不懈的努力中的一环吧。

感谢撰写推荐文的金英淑老师、撰写导读的金申贤京老师，还有多次阅读原稿、不吝给予意见的民音社编辑部。我在取书名时总是举棋不定，如果没有朴慧贞编辑的意见，恐怕找不到如此令人满意的书名。

仔细回想，也许我是以撰写小说为途径，来反省自己是不是过度忽略了身边的人。

说不定撰写小说这件事，能助我在亲近的人面前，表现出刹那的温柔。

2017 年 9 月

金惠珍

导读

其实，这个故事关于母亲

这是一个关于母亲与女儿的故事。说起母亲与女儿，你可能会想，还有什么新的故事可说呢？因为先前已经有太多讲述家庭的故事了。但我们可以再深入思考一点，关于女儿与母亲，我们都知道些什么呢？

有关家庭的故事，重心多半放在父亲身上——权威性的父亲、父权制的父亲、辛苦的父亲、年迈的父亲、暴力的父亲、失去力气的父亲……还有那些父亲与儿子之间的关系、斗争、冲突与爱憎。我们熟悉的家庭故事，其实都和父亲与儿子相关。弗洛伊德为了说明儿童在家庭内形成的身份认同，曾提出俄狄浦斯的故事即是这种父子故事的原型。

弗洛伊德也认为，在借由与父亲的关系确立自我的层面，女儿和儿子并没有太大差别，女神雅典娜的诞生神话这个关于父女的故事即能说明。宙斯在听到神谕说第一任夫人墨提斯生下的儿子将会危及自己的权力后，就将夫人吞了下去，而当时墨提斯已经怀了雅典娜。雅典娜在父亲的体内成长，然后劈开其脑袋以成人之姿诞生于世。雅典娜聪颖过人，但因为她不是会威胁到自己的儿子，因此宙斯能够给她宠爱。

也就是说，尽管如弗洛伊德所说，在通过与父亲的关系确立身份认同上，女儿与儿子没有分别，女儿却与将会威胁、否定最后杀害父亲，成为家族代表和历史主体的儿子不同，她仅位居父亲的影子之下。

那么母亲又是如何呢？她先是作为女儿位居父亲的影子之下，再通过结婚成为一名男人的妻子，接着通过生育成为母亲，最后成为儿子的所有物（俄狄浦斯的故事），或是被丈夫抓来吃掉（雅典娜的故事）。虽然这些故事历史悠久，但在审视身处父权制家庭内的父亲、母亲、儿子与女儿的地位时，却十分适合。

然而，在希腊神话里，儿子能够占有母亲，必须是在他杀害了独占母亲的父亲之后，这与韩国的母子关系有着关键性的差别。在韩国，就算儿子不杀害父亲也能独占母亲。至今大众仍认为，孩子出生后，母亲和自己的孩子睡在一起是自然而然的事，父亲完全不会去阻碍儿子与母亲的身体接触，女性在丈夫与孩子之间来回，用不同的方式照顾所有人。

　　人类学学者把东亚国家的这种家庭构造称为"子宫家庭"或"母系家庭"，也就是实际上一个家庭由两种模式组成——以男性家长为中心的"父系家庭"；还有将其排除在外，以母亲与孩子的关系为中心的"子宫家庭"或"母系家庭"。[1]

　　这种家庭制度在韩国形成的最关键原因在于，嫁到婆家的年轻女性在家中的成员权，是以她所生下的儿子为根基的。因而她对能让自己在新家庭理直气壮的儿子怀有深刻而执着的情感，也是理所当然的。更何况如此一来，教养儿子都会变成母亲的

1　女性学教材编修委员会，《女性学的理论与实况》，东国大学出版部，1987。
　　赵惠京，《韩国的女性和男性》，文学与知性社，1997。

责任，父亲自然乐见其成。

因此，韩国社会有无数关于母子的故事，都被刻画成母亲的奉献与牺牲，而"母亲－媳妇"的故事也基于相同理由，充满嫉妒、背叛、愤怒与竞争的情感。

母亲的女儿，女儿的母亲

在母亲与女儿的故事中，儿子的角色通常缺席或干脆不存在，原因也在于此。因为唯有这样，母亲与女儿的关系才能浮现台面，发展出令人深思的故事。

若追溯较久远年代里有关母女的故事，有出自作家朴婉绪[1]笔下，为在战争中身亡的儿子哀悼的母女；二十世纪九十年代后，母女的故事偶尔出现于大众文化中，如《蛋黄酱》[2]（曾改编为舞台剧和电影）、电视剧《我亲爱的朋友》《上流社会》等，

---

[1] 朴婉绪（1931—2011），小说家，以女性特有的细腻视角与流畅优美的文体，书写韩国现代史经历的问题，主要作品包括《裸木》等。

[2] 该作呈现了韩国文学史上从未有过的母亲面貌，尖锐剖析以爱为名的家庭暴力。

也都没有儿子出现，才能使母亲与女儿以焕然一新的视角去面对彼此。本书也不例外，它也设定身为叙述者的母亲所生的只有女儿一人。

随着时代变迁，儿子不在场的原因各不相同。倘若朴婉绪时代的儿子是死于战争，那么九十年代后的情况，似乎与始于六十年代的"家庭计划"[1]有关。可倡导"家庭计划"时的口号"养一个好女儿，胜过十个儿子"最终真的实现了吗？当然，实际上我们迎来的是性别鉴定后堕胎泛滥的现象，以及儿子远多于女儿的家庭比例失衡的时代，但有些女性仍会基于不同理由，认为"要生就生女儿"。

七十年代到八十年代，在中东工作的产业役军[2]（父亲）响应国家政策生下一个女儿，为教育女儿奉献一切的家庭主妇（母亲），还有学业优秀的女儿，这种促成韩国现代化的典型家庭，今日又面临何种处境？

正如"家庭计划"的口号，未生下儿子的母亲内心期待的是"比十个儿子更优秀的女儿"，若女

1　二十世纪六十年代到九十年代中期，韩国政府为解决人口问题，加快现代化进程，积极引导国民少生优生，鼓励女性参与经济活动，有效降低了出生率。该举措类似我国的计划生育政策。

2　指韩国经济增长期，不畏恶劣环境投身生产的一线工人。

儿学业也优秀就更是如此了。母亲不仅期望女儿在社会上的成就不亚于儿子，同时也期待女儿在婚姻上能够羡煞旁人。对只有一个女儿的母亲来说，女儿必须同时满足她对儿子与女儿的期待，也就是成为"具有男根的女儿"。

我好像让女儿读太多书了。我希望女儿能够尽情读书，可以上大学，读研究生，这样就能成为大学老师，遇上好老公。可是啊，我女儿真是个笨蛋，也不知道究竟在想什么。最近只要想到那孩子，我的胸口就像是被堵住了一样。

可是我们无法一味苛责这位母亲的无理期待，因为她曾经历只要会读书，阶级就能向上流动的时代。即便是女人，只要会读书就能凭自身力量成功，这样的错觉曾支配了整个社会，但一切变迁得太快。因此，当母亲发现比自己更聪明、懂更多的女儿过着"不像样"的人生时，起初感到惊讶，然后心生厌恶，最后则开始埋怨自己。另一方面，女儿通常会大声宣告，"我不要活得像妈一样"，但在面对与想象有落差的社会时却不知所措，最终陷入绝望。

然而，本书中的女儿却稍有不同。相较于骑虎难下的母亲，女儿倒是很早就离开母亲身边。女儿早早就发现自己的性取向，从非洲做义工回来后，就径自过起"母亲从未想象过，也没允许过的独立生活"。可是，拒绝当"具有男根的女儿"，却在经济独立上碰到困难——她和同性伴侣的工作并不足以成为支撑独立生活的基础。

　　因此，对母亲而言，女儿是个"背着放入不明印刷物和书本、坚硬得宛如石块的背包，一整天在全国四处奔波的流浪讲师"，可是"明明是别人的事，只要睁一只眼、闭一只眼就好了，结果她又跑去多管闲事"，"把押金忘得一干二净，现在又以要缴房租的名义，和身份不明的女人一起闯进我家，打算让父母丢尽颜面"……女儿不仅不能像儿子一样在社会上成功，还是一名同性恋者，无法平凡地结婚，让年迈的母亲有寄托，是个没有"用处"的人。

　　虽然母亲经常好奇，女儿和她的伴侣能不能拥有"正常"的性，但问题似乎并不在于非常规的性取向。女儿是同性恋者会成为母亲眼中的问题，其真正原因在于韩国社会不相信"朋友或爱人之类的松散关系",所以质疑:"这种关系会有未来吗?不是随时都能分手、转身离去吗?"

在信奉"家庭主义"的韩国社会中,能够称为社会安全网的都是以血缘或家庭为主的关系,但它在过去二十年间持续解体、两极化,导致我们的世界化作对每件事都抱持怀疑、无法相信任何人的地狱。

所以在此处,母亲的想法——异性间的性带来的愉悦是家庭关系稳固的保证,实际上是基于抽象的层面,而非具体层面。即便男女之间的关系"只有那件事",但"就连那件事都没有"的关系又怎么能确定是可信的?这个世界就和什么都不能相信、只能凭靠身体感觉的战场一样。因此我们必须去思索,从朴婉绪在小说《裸木》中刻画的战争时期到现在,我们究竟走了多远,以及母亲与女儿的故事为何非得发生在这种腥风血雨之中。

不断劳动的女性

就像韩国的战后小说,因为战争失去丈夫与儿子的女性被迫出外工作，导致"坚毅母性"成为韩国母亲的代名词，本书中的母亲也一辈子都在工作。曾经是教师的她，辞掉工作后历经课外辅导、换壁纸、驾驶幼儿园巴士、保险员、机构餐厅厨师等工作，最后在疗养院担任护理员。

母亲并没有期待工作得越久、越专业就越能获得肯定，拥有更好的工作条件，领取更优渥的薪资。对只能从事条件和薪资越来越差的工作的她来说，人生只是一条"必须忍受到最后"的漫漫长路。母亲本身很好奇，这究竟是因为年老还是年龄段的差异，但在此似乎需要再追加一项性别的议题，因为她之所以必须辞掉教师的工作，原因就在于她必须独自抚养女儿。

本书中出现的所有女性都在不断劳动。母亲照顾的珍，年轻时在异国留学，为帮助被领养的韩国籍儿童工作，回国后更持续为外籍工人发声，最后却罹患老年痴呆症，落得在疗养院孤单度日的下场。套用母亲的话，就是"将年轻时那珍贵的力气、热忱、心意和时间"任意分享给毫不相干的人。

疗养院的护理员"年轻的新婚太太"，为了工作无法照顾身在其他疗养院的母亲；甚至遭受"你们知道什么是不得不尽的义务和责任吗"的指责的女儿及其伴侣也不例外。身为临时讲师、三十多岁的女儿，忙于参加抗议不当解雇的运动，无法顾及生计；女儿的伴侣则在一间小餐厅当帮厨，赚两人的生活费。

所有女性都处于必须为了某人而工作的处境，而且照顾或辅助某人的那些工作，都让人觉得生产力不足。倘若在母亲那个时代的隐形劳动 [1] 主要出自扮演家庭内部妻子或母亲的角色，性质属于基层照顾；到了女儿的时代，隐形劳动则属于辅助、代理性质，是专业性不足所致。因此，母亲在看到无法得到任何人的无偿照顾、被所有人遗忘的珍之后，一直无法摆脱那种人生可能会成为自己和女儿未来的恐惧。

最近，一位文化研究学者认为，日渐增多的"酷儿"文学显示出"社会经济的不稳定，会在边缘性少数者的生存压力上体现"。根据其说法，这类文本的着眼点"并非 LGBT 群体的公民权，而是若不借助其经济劳动者的形象，就无法想象他们其

1　意指没有报偿却被转嫁到自己身上的劳动。

实也是一般人的现象"。[1]

本书中，无法达到经济独立最低标准的情侣，她们的故事不也是如此吗？就如同母亲的内心独白：

看到我的女儿受到这种差别待遇，我感到很心碎。我担心我会读书又学识渊博的孩子会被赶出职场，在金钱面前手足无措，最后受困于贫穷之中，到老还要像我一样去做苦力活。这件事和我女儿喜欢女人一点关系都没有，不是吗？我并不是在恳求你们理解这些孩子，只是希望你们放手让他们去做擅长的事情，让他们得到合理的待遇。我所冀求的只有这些。

尽管如此，另一方面，我们是不是又能提出这样的问题：不稳定的社会经济与非常规的性少数群体能否彻底分开来看？简单来说，女性及女同性恋者曾经在社会经济中拥有过稳定的地位吗？

但请不要误解，这并不是宿命论，而是存在论的问题。在以女性的隐形劳动累积剩余价值的

1　吴惠贞，《2030 年解除锁定——酷儿文学与启示的想象力》，《韩民族日报》，2017 年 8 月 6 日刊。

资本主义社会中；在压制女性身份的户主制[1]被废除还不到十年的韩国；以及在韩国新自由主义体制下，竭尽一切手段强迫女性担任非正规岗位的环境里——女性被配置在具有必需性但又被排挤的位置上。

对这样的女性而言，异性恋家庭被视为最低限度的社会安全网，但对于人生与之大相径庭的女同性恋者而言，不稳定成为她们的身份认同本身。这种不稳定性造成的疏离感，导致她们永无止境地反问："我是谁？"

所以书中的女儿才会问："性少数群体、同性恋、蕾丝边，这些名词指的就是我。这就是我，大家都用这种方式叫我。所以不管是家人也好，其他事也罢，他们让我什么事都不能做。但这是我的错吗？"而女儿的伴侣也才会反问："您认为我做这件事情时是毫无想法与信心的吗？认为我能为毫不相干的人做这些？赚钱对我来说也是件苦差事，偶尔我也痛苦得想死。即便这样，您依然认为我没有

---

1 户主制，以男性为中心的户主继承制与户籍姓氏制度，朝鲜时代就已存在。目的是为国家保障只有男性成为家族的法定家长，女性属于男性家长的附庸，子女必须随同男性家长姓氏，终生不能改姓。这项制度在2005年被宣布违宪，于2008年废除。

资格吗？"

所以前期母亲试图将非常规的性取向与社会经济条件区分开，是针对女儿与伴侣提问的回答，这也证明她们非常规的性取向已构成社会的一部分。所以为了让在韩国被视为"不一般"的这些人也能被看作"普通人"，借助经济劳动者的形象反倒成为一种必要手段。也就是说，为了能够勾勒并主张女性与女同性恋者的公民权，与其执着于通过规训更多人组成能够被明确分类的家庭单位来稳定经济，不如先从改变人们对"家庭"和"个人"这两个概念的认知入手。因为如今这些已经停滞、行将腐朽的认知，才是社会经济不稳定的真正根源。

我要再说一次，这不是宿命论，而是存在论的问题，所以故事中改变母亲的终究还是女性、女性的照料与工作。包括珍的人生（将宝贵的年轻岁月浪费在毫不相干的人身上）、女儿的斗争（为了他人的事不惜大打出手），还有女儿的伴侣在日常生活上、情绪上给予的支持，都一点一滴改变了母亲。

在为数不多的母女故事中，大多以女儿的视角来看待母亲为主，因此本书这种说故事的方式令人感到兴味盎然。而我们也正需要更多关于母亲自己的故事，所以感受就更深刻了。

所以，即便母亲认为去理解身为同性恋的女儿，是"放弃了我女儿可以光明正大、平凡生活的人生"，但我们是否能够再稍微观望一下呢？因为深知"毫不相干的外人"实际上并不存在，我们所有人都可能是彼此的过去、现在或未来的母亲，也许能凭借顺利完成每天工作的力量，走向"宛如奇迹的谅解"那一步。

最重要的是，母亲深知，不论是什么样的人，"都应该放手让他们去做擅长的事情，让他们得到合理的待遇"。

（柏林自由大学东亚研究所博士后研究员）

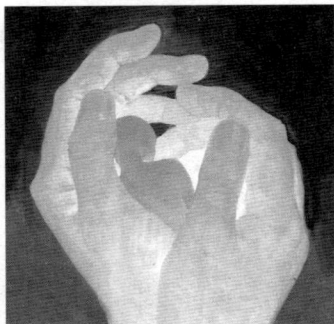

她们就位于生命的中央，

伫立在既非幻想也非梦境的坚实土地上，

就像过往的我，就像曾经的其他人那样，

这两个孩子活在残酷无比的人生之中。